그냥 피어 있는 꽃은 없습니다

조르주 피에르 쇠라
GEORGES-PIERRE SEURAT(1859. 12. 2~1891. 3. 29)

신인상주의新印象主義 미술을 대표하는 프랑스의 화가이다. 그의 가장 유명한 대작인 〈그랑드 자트 섬의 일요일 오후〉는 신인상주의의 시작으로 현대 예술의 방향을 바꾸었고, 19세기 회화의 상징이 되었다. 쇠라는 루브르 박물관에서 외젠 들라크루아와 페테르 파울 루벤스의 작품을 연구하면서 색채의 적용에 대한 과학적 접근법을 발전시켰고, 빈센트 반 고흐나 파블로 피카소 같은 주요 화가들에게 영향을 끼쳤다. 그의 사망 원인은 정확하지 않지만, 수막염, 폐렴, 전염성 아기나나 디프테리아 중 하나라고 한다. 그의 죽음으로 〈서커스〉는 미완성으로 남았다.

일러두기
- 이 책에 나오는 성서 구절은 원본 히브리 성서에 제일 가깝게 번역한 《Holy Bible》(NWT)를 번역하였습니다.
- 이 책에 나오는 이름들은 가명임을 밝힙니다.

그냥 피어 있는 꽃은 없습니다

박재현 지음

평단

태어나면서부터

현명한 사람은 없습니다.

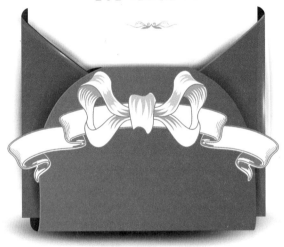

행복한 삶의 비밀은
올바른 관계를 형성하고
그것에 올바른 가치를 두는 데 있습니다.

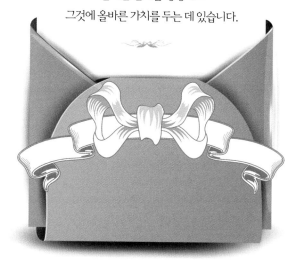

인생의 많은 문제를 겪으며 진정한 행복을 추구하는 가까운 친지와 친구들을 많이 접하게 됩니다. 나도 인생의 다양한 문제를 겪었기에 그 경험을 바탕으로 그들에게 위로의 말과 더불어 해결 방법과 희망을 제시하곤 했습니다.

어느 날 친한 친구 집을 방문했는데, 친구는 언니가 갑작스러운 병으로 죽어 크나큰 슬픔으로 식음을 전폐하고 통곡하고 있었습니다. 어떠한 위로의 말을 건네도 전혀 소용이 없었습니다. 오히려 울음소리만 더 커질 뿐이었습니다.

그런데 《성경》, 즉 하늘의 아버지로부터 온 편지에서 몇 구절을 인용하여 편지를 보냈더니 그 편지를 읽은 친구가 다시 용기를 얻고 눈물을 그쳤다고 했습니다. 나중에 만났을 때 그 친구는 너무 고마웠다며 눈물을 글썽였습니다. 그리고 또 자살을 생각하고 있던 사람에게 몇 구절을 인용하여 위로를 해 주었는데, 그 또한 용기를 얻어 살아갈 희망을 얻게 되었다고 했습니다.

《성경》은 전 세계에서 가장 많이 읽히는 최고의 베스트셀러로 꼽히는 책입니다. 이 책을 읽고 마음의 치유를 얻고 용기와 힘을 얻은 사람들의 사례는 이루 헤아릴 수 없이 많습니다. 그 한 예로, 웃음학의 창시자인 노먼 커즌스Norman Cousins 박사는 뼈가 굳어져 서서히 죽어가는 간질성 척추염을 앓고 있었는데 우연히 《성경》의 한 구절을 접하면서 "가장 좋은 약은 마음의 즐거움에 있구나" 하는 것을 깨닫고는 그날부터 자신의 태도를 바꾸고 계속 웃기 시작하여 죽어가던 병에서 기적적으로 소생하고 병까지 고친 후 웃음을 연구하는 학자가 되었습니다. 그는 웃음학의 아버지라고 불립니다. 그의 눈에 띄었던 한 구절은 "마음의 즐거움은 양약이라"고 하는 〈잠언〉(17장 22절)에 나온 말씀이었습니다. 단 열한 글자로 된 한 구절이 끔찍한 그의 병을 낫게 하는 기적을 일으키고, 그의 인생을 편집자에서 웃음학의 박사로 바꾸어 놓았습니다.

웃음학의 창시자인 노먼 박사에 대한 이야기를 전하는 신바람의 창시자 황 모 박사도 우연히 《성경》의 한 구절을 접하면서 자신의 인생에서 커다란 깨달음을 얻게 되었다고 합니다. 그는 그때부터 항상 즐겁게 살려고 노력했고, 결국 대학교수가 되고 신바람 나는 웃음 인생에 대해 강의를 하게 됩니다. 황 박사의 인생을 바꾼 한마디는 "항상 즐거워하라"는 〈빌립보서〉(4장 4절)의 말씀이었습니다. 단 일곱 글자의 그 한 구절이 그의 얼굴의 인상, 삶에 대한 철학, 인생관을 바꾸어 놓고, 나아가 남에게 신바람을 일으키는 원동력이 되었다는 사실은 실로 놀랍지 않을 수 없습니다.

우리는 기나긴 인생길을 걸으면서 문제를 만나게 되면 우선적으로 현명한 지식인, 컨설턴트 등을 찾아서 상담을 받으려 하거나 심리학 책, 인생을 이야기한 책 등에 의존하려고 합니다. 그런데 그러한 사람들 또는 그런 류의 책들이 다름 아닌《성경》의 말씀을 근거로 하고 있다는 사실을 아는 사람은 많지 않은 듯합니다. 만약 문제가 심각하다면 인간과 우주를 설계하시고 창조하신 분을 찾아볼 생각은 없는지요?

한 가지 예를 들어 보겠습니다. 도로를 신나게 달리고 있던 한 젊은이가 갑자기 차가 도로 한복판에서 멈추는 사고를 당했다고 합니다. 그런데 그것을 본 어떤 노신사가 차를 멈추고 "젊은이, 이 차의 앞의 엔진을 내게 보여 줄 수 있는가?"라고 제안했습니다. 젊은이가 의아해하며 "차에 대해서 좀 아시기라도 합니까?"라고 말하자, 그 노인이 이렇게 대답했습니다. "내가 이 차를 설계한 사람이

그냥 피어 있는 꽃은 없습니다

네." 그는 바로 자동차의 왕 '포드'였던 것입니다. 이 사례와 마찬가지로 인간의 행복, 인생의 여러 가지 문제, 고통, 심리 등을 이해하고 싶을 때, 모든 것을 창조하시고 해결 방법까지 알고 계시는 분이 쓴 '문제 해결 매뉴얼'과도 같은 책에서 우리가 인생문제의 해결책을 찾아야 하는 것이 가장 바람직한 방법이 아닐까요.

많은 사람의 눈물을 거두어 주고, 자살하려는 사람의 생각을 바꾸어 주며, 죽어 가는 병을 낫게 하고, 절망 속에서 사는 사람의 인생을 바꾸어 놓고, 직업을 바꾸게 하고, 궁극적인 기쁨과 희망을 가져다준 메시지를 싣고 있는 책이 있습니다. 그리고 그 책 중에서 희망을 던져 주는 아름다운 보석과 같은 글이나, 내가 실제로 겪었던 경험을 상황에 맞추어 글을 인용해 보았습니다. 어둠 속에 있다가 갑자기 빛을 발견했던 순간들, 절망이 희망으로 바뀌었던 순간들, 고통과 문제 속에서 환희를 발견한 놀라운 순간들을 직접 경험했습니다. 그리고 이제 당신도 그러한 것을 체험해 볼 것을 간절히 기대합니다.

진리를 아는 것의 유익함에 대해서도 생각해 보십시오. "진리를 알게 될 것이며, 진리가 여러분을 자유롭게 할 것입니다"라는 성언이 있습니다. 누구나 '걱정과 두려움에서 벗어난 자유', '과거의 잘못에서 벗어난 자유', '슬픔과 고민에서 벗어난 자유'를 갈망하고 희망합니다. 수많은 사람이 어떻게 걱정과 삶의 문제에서 자유로

워졌는지의 경험담을 진지하게 묵상해 본다면 당신도 분명히 '진정한 자유'를 얻는 데 큰 도움을 받을 수 있을 것입니다. 그 진리가 언제나 기쁨과 희망과 생명의 길로 인도해 줄 것이기 때문입니다.

거대한 사건들뿐 아니라 보통 사람들이 겪게 되는 주변의 사소하고 작은 일에서 삶의 희로애락과 어려움 속에서도 희망의 끈을 놓지 않으려고 몸부림치는 모습들이 눈앞에 보이듯이 펼쳐질 것입니다.

나는 종교가 있든 없든 상관없이 이 책을 읽는 독자 모두가 용기와 희망을 얻기를 진심으로 바랍니다. 이 책이 많은 사람에게 위로, 화해, 소망, 사랑, 회복을 가져다주는 계기가 되었으면 합니다.

당신은 이 책에서 세 가지 P를 찾기를 바랍니다.
Peace평화, Prosperity번영, Positive(ness)긍정.

박재현

그냥 피어 있는 꽃은 없습니다

제2장

희망 있는 나 : 잃어버린 꿈을 찾다

제3장

존중받는 나 : 남에게 받아들여지다

제4장

사랑에 빠진 나 : 사랑의 꽃을 피우다

제5장

행복한 삶을 사는 나 : 아름다운 열매를 맺다

제1장

가치 있는 나

: 나의 존재를 발견하다

우울함은 생길 수 있으나 절망은 없다

미국에서 생활할 때 나에게 어머니 같은 존재가 있었다. 그녀의 이름은 권정희 씨다. 나는 그녀와 마음의 고민을 털어놓는 사이로 지냈다.

어느 날 그녀는 나를 한국인이 공연하는 모차르트 음악회에 초대해 주었다. 공연이 끝난 후 그녀가 오케스트라 단원들이 있는 곳으로 가서 몇몇 사람과 다정하게 인사하는 모습이 눈에 들어왔다. 그러고 나서 그녀는 마치 누군가를 찾듯 주위를 계속 둘러보았다. 시간이 조금 지나 그녀는 공허한 눈빛으로 천장을 올려다보았다. 공연장을 나오는 그녀의 얼굴빛은 어두웠고, 눈가는 젖어 있었다.

'음악이 너무 아름다워서 감상에 빠지신 건가?' 하고 궁금한 마음에 그 이유를 그녀에게 물었다.

"아무것도 아니야. 그냥 아들이 살아 있었으면 얼마나 좋았을까 하는 생각이 났지."

"네? 아드님이 계셨어요?"

"그래 저 오케스트라를 지휘하곤 했지."

"……"

그녀의 사연을 듣고 보니 그녀가 정말 기구한 인생을 살아왔음을 느낄 수 있었다.

그녀는 고향인 평안남도(현재 북한)에서 어릴 때 시집을 가서 두 아이와 남편과 함께 살고 있었다. 그런데 어느 날 이모 댁이 있는 서울(남한)에 볼일이 있어 어린 딸과 남편을 집에 두고 잠시 여행을 떠나야 했다.

"그동안 잘 지내세요. 잘 챙겨 드시고……" 그녀는 남편에게 이렇게 작별인사를 하면서 아기인 딸의 손을 꼭 잡아 주었다.

그녀는 남편과 딸의 모습을 보기 위해 여러 번 뒤돌아보며 한편으로 불안함을 안고 아들을 데리고 서울로 내려오는 기차를 탔다. 그런데 그때 보았던 남편과 딸의 모습이 마지막이 되고 말았다. 한국 전쟁이 터지고, 오랜 전쟁 끝에 결국 삼팔선이 그어졌기 때문이다. 결국 어처구니없이 과부가 되어 버린 그녀는 딸과 남편을 생각하며 우는 날이 많았다. 그러나 데리고 온 아들이 있었기에 마냥 울고만 있을 수는 없었다. 그녀는 일에 대한 경험은 없었지만, 생계를 위해 무슨 일이든 해야 했다. 세탁 일 등의 잡일을 하며 아들의 재능을 살려 음악 공부를 하도록 뒷바라지했고, 아들의 앞날을 위해 미국까지 오게 되었다. 그 후 아들은 지휘자로 성공했다.

어느 날 저녁, 식사를 마친 아들이 "오늘 좀 일찍 들어가 쉬고 싶어요"라는 말을 하고 자기 방으로 들어갔다. 그런데 그것이 아들의 살아 있는 마지막 모습이었다. 다음 날 아들은 갑작스러운 심장마비로 죽은 채 발견되었다.

과부인 자신이 온갖 고생을 하며 뒷바라지했던 하나밖에 없는 아들이 이제 성공의 길에 들어섰나 하는 순간 예고도 없이 그녀 곁을 떠나 버린 것이다. 그때 그녀는 뭐라 말로 표현할 수 없는 참담한 심정이었다.

그 후 아들의 제자들이 그녀를 잊지 않고 오케스트라 공연이 있을 때마다 초청해 주었지만, 그녀는 항상 보고 싶은 아들이 생각났다고 한다. 그때서야 나는 그녀가 공연장에서 누군가를 찾고 있었던 것이 실은 아들의 흔적을 찾고 있었다는 사실을 깨달았다. 거기서 기립 박수를 보내는 사람들에게 우아하게 인사하던 지휘자의 흔적, 자신에게 살아가는 목적이 되었던 아들의 흔적을 말이다.

이런 일을 겪은 그녀가 어떻게 우울해지지 않았을 수 있겠는가?

우리는 인생을 살아가면서 많은 역경을 겪게 된다. 그리고 어느 순간 그 어려움이 자신이 감당할 수 있는 한도를 넘어서는 것을 느끼며 우울해질 때가 있다. 그런 순간 다음과 같은 성언聖言을 떠올려보라.

> 하나님은 마음이 꺾인 자들에게 가까이 계시고 영이 억눌린 자들을 구원하신다(시편 34:18).
>
> Jehovah is near to those that are broken at heart, And those who are crushed in spirit he saves.(psalm 34:18)

마음이 꺾여 있는 그때 우주의 절대적 주권자이신 하나님께서 나와 함께 있어 주신다.

당신이 어린 나이에 낯선 길을 걸어가고 있다고 상상해 보자. 그때 어디선가 휘파람을 불며 덩치 큰 아이들이 나타나는 것이 보인다면 어떤 느낌이 들겠는가? 그런데 친아버지가 옆에서 함께 걸어가고 있었다고 생각해 보자. 그렇다면 무엇이 두렵겠는가? 그러나 하늘 아버지께서는 단순히 옆에 있어 주시는 것만이 아니라 손을 뻗어 우울한 영혼을 따뜻하게 구원해 주신다고 한다. 그 위로와 힘은 정말 무엇과도 비교할 수 없다.

사실 외국에 나와 아들마저 잃고 혼자가 되어 버린 그녀가 누구를 의지할 수 있었겠는가! 영의 존재이신 하늘 아버지께서 그녀와 함께 있어 주셨을 뿐 아니라, 마치 친아버지처럼 그녀를 돌봐 주셨던 것이다. 부모를 떠나온 고아에 과부인데다 마침내 자식까지 잃은 그녀를……. 그의 도움은 우리가 겪어 보지 않으면 상상할 수 없다.

그녀는 나에게 이렇게 말했다. "사실 내가 우울하지 않았던 것은 아니야. 하나밖에 없는 아들마저 떠났는데 어떻게 가슴이 안 아팠겠어. 혼자 살아가는 것이 외롭고 많이 힘들었지. 그런데 어느 날 하나님의 손길을 느낄 수 있었어. 내가 뭔가를 갖고 싶다고 해서 그게 나에게 어떻게 생기겠어. 그런데 참 이상해. 한번은 내가 다른 재봉틀이 있으면 참 좋겠다고 생각하고 있었는데, 일주일 뒤에 알고 지내던 세탁소 주인이 자신은 다른 주로 이사를 간다면서 나에게 재봉틀을 주고 싶다면서 주는 거야. 참 이상하지. 하나님께서 그 사람에게 생각을 심어 주신

것 같아."

그녀의 말처럼 하늘 아버지께서는 우리를 그냥 도우시는 것이 아니라 우리를 적극적으로 도우신다.

하나님의 눈은 의로운 사람들을 향하고, 그분의 귀는 도와 달라는 그들의 부르짖음을 향한다(시편 34:15).

The eyes of Jehovah are toward the righteous ones. And his ears are toward their cry for help.(psalm 34:15)

그는 영의 눈과 귀를 이용하신다. 그리고 큰 두 팔을 벌리신다. 누군가 우리를 도우려고 지켜봐 준다는 것은 상상만으로도 위로가 되는데, 그 눈과 귀와 모든 감각으로 우리를 적극적으로 도우신다는 것은 정말 놀라운 일이 아닌가?

다음과 같은 아름다운 성언을 볼 때 더욱 놀라울 것이다. 그는 우리가 정말 힘들 때 영적 존재까지 보내어 우리를 보호하려고 하신다. 마치 농사를 짓는 데 힘들어하는 이들에게 일군을 보내 주시듯이 말이다.

하나님의 천사가 그분을 두려워하는 자들을 둘러 진을 치고
그들을 구출하는구나(시편 34:7).

The angel of Jehovah is camping all around those fearing him, And he
rescues them.(psalm 34:7)

어떤가! 혹시 과거의 일로 인해 우울해하고 있는가? 그렇다면
위의 성언들을 읽고 힘을 내 보라. 우울하게 되었다고 해도 극복할
길이 분명히 있다. 든든하신 하늘 아버지께서 과부이며 홀어머니
면서 고아였던 그녀를 절대 버리지 않고 돌봐 주셨던 것처럼, 우울
해하고 있는 당신을 돌보실 것이다.

이제는 우울함에서 벗어나자! 오늘의 근심은 오늘로 만족하고,
새로운 내일이 있다고 하지 않았는가. 열심히 노력하면서 우리는
아래의 성언을 기쁜 마음으로 지키도록 하자.

항상 주안에서 기뻐하십시오, 다시 한 번 말하는데, 기뻐하십
시오(빌립보서 4:4).

Always rejoice in the Lord. Once more I will say, Rejoice!(philippians 4:4)

진정한 사랑은
두려움을
뛰어넘는다

〈전망 좋은 방A Room with a View〉이라는 영화를 보았다. 한 아름다운 여성에게 마침내 사랑에 빠지게 된 남자가 생겼지만, 그녀에게는 집에서 (정책상) 약혼을 미리 정해 놓은 사람이 있었다. 그래서 그녀는 고민 끝에 좋아하는 남자와 헤어져야 했다. 이것을 안 그 남자의 아버지는 그녀에게 찾아와 다시 한 번 생각하고 결정을 내려 달라고 부탁한다.

"당신도 내 아들을 좋아하고 있지요?"

"예, 사실은…… 그러나 이제 늦은 듯해요."

그녀도 자신의 아들을 사랑한다는 것을 알자 아버지는 그녀에게

그냥 피어 있는 꽃은 없습니다

말한다.

"다른 사람을 속이고 있군요. 그리고 자기 자신마저도 속이고 있어요."

그녀는 마침내 눈물을 흘리고 만다.

우리는 실제로 인생을 살아가면서 중대한 갈림길에 서게 되고, 중요한 결정을 내릴 때 자신의 의견을 피력하지 못하고 주위의 권유(타의)로 결정하고 뒤에 후회하는 경우가 종종 있다.

남의 의견에 따라 자신이 가고 싶지 않은 대학과 학과를 선택하고, 마음 내키지 않은 일이나 직장을 선택하며, 심지어는 자신의 결정이 아닌 타인의 권유로 배우자를 선택하기도 한다. 그러나 우리가 한 가지 놓치는 사실이 있다. 자신이 결정하지 못해 남의 도움을 빌렸지만, 결국 그 선택대로 인생을 살아야 하는 것은 바로 '자신'이라는 것이다.

자신이 열정적으로 좋아하던 일이 있었지만 주위의 압력으로 다른 일을 택했다면, 그 일을 끝까지 성실하게 해야 하는 것도 '자신'이고, 부모 등 다른 사람이 선택해 준 사람과 평생을 살아야 하는 사람도 그들이 아니라 '자신'이다.

그렇다면 그러한 '자신'이 나중에 힘들어하는 모습을 마주할 자신이 있는가? 그렇게 결정을 남에게 미루는 것보다 힘들고 시간이 걸리더라도 자신의 내면의 소리에 귀를 기울여 보는 것은 어떨까?
그렇게 하면 뜻밖의 축복이 다가올 수도 있다.

　우리 자신에게 내린 현명한 결정이 얼마나 소중한 것인가를 보
여 주는 성언이 있다.

　나는 생명과 죽음, 축복과 저주를 당신 앞에 둡니다. 당신 곧
　당신과 당신 자손이 계속 살려면 생명을 택하고(신명기 30:19).

　I have put life and death before you, the blessing and the malediction;
　and you must choose life in order that you may keep alive, you and
　your offspring.(Deuteronomy 30:19)

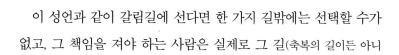

　이 성언과 같이 갈림길에 선다면 한 가지 길밖에는 선택할 수가
없고, 그 책임을 져야 하는 사람은 실제로 그 길(축복의 길이든 아니
든)을 걸어야 하는 나 '자신'이다.

　영화 속의 아름다운 여성은 남자의 아버지에게 다른 사람뿐 아
니라 자신을 속이고 있다는 말을 듣고 눈물을 흘리면서 마침내 중
대한 결심을 한다. 그리고 그녀는 어머니에게 그 결심을 말하려고
어머니가 타고 있는 마차를 향해 뛰어간다. 그녀의 어머니가 딸에
게서 결의에 찬 눈빛을 발견하고는 딸의 눈물을 닦아 준다. 그리고

조르주 피에르 쇠라

그랑드 자트 섬의 일요일 오후
Sunday Afternoon on the Island of La Grande Jatte

1884~1886년
유화 캔버스에 유채
207.5×308cm
시카고 아트 인스티튜트 소장

그다음 장면에서 그녀가 그렇게 보고 싶어 했던 그 남자와 아름다운 창문 밖의 풍경을 바라보며 영화는 막이 내린다.

당신은 중대한 결정을 하기 전에 두려움에 휩싸이는가? 그래서 한 발 내딛기도 전에 망설이는가? 이는 누구나 갖게 되는 당연한 감정이며, 선택한 후에도 자신이 걸어 보지 못한 길에 대해 미련이 남을 수도 있다. 그러나 그 두려움과 싸우는 것이, 남에게 떠밀려 결정하고 남은 인생을 후회로 가슴을 치며 사는 것보다는 낫지 않겠는가!

사랑 안에는 두려움이 없습니다. 도리어 완전한 사랑은 두려움을 내쫓습니다. 두려움은 억제력을 행사하기 때문입니다(요한일서 4:18).

There is no fear in love, but perfect love throws fear outside, because fear exercises a restraint.(1John 4:18)

이 성언을 기억해 두자.

그냥 피어 있는 꽃은 없습니다

당신은 지금 하고 있는 학문을 진정으로 사랑하는가?

당신은 당신이 지금 하고 있는 일을 진심으로 사랑하는가?

당신은 당신의 친구들을 사랑하는가?

당신은 지금 누군가를 진심으로 사랑하는가?

그렇다면 두려움을 밖으로 내던지고 아름답고 소중한 결심을 해 보자.

행복은
간단한 것에서부터
시작된다

동네 뒷산을 올라가 길을 걷다 보면 약수를 뜨는 곳이 나온다. 그 길옆에는 몇 채의 집이 있는데 그중 한 집에는 하얀 개 한 마리가 있었다. 그 개는 항상 꼬리를 흔들며 나왔다. 그 개가 멀리서 보이기 시작하면 같이 걸어가던 어머니는 늘 반갑게 손을 들어 흔들어 보였다. 그 하얀 개를 우리는 '백구'라고 부르기로 했다.

"백구야 오늘 아침은 잘 먹었어?", "백구야 어제는 뭐하고 놀았어?", "백구야, 자동차 오니까 이쪽으로 와 피해야지"라고 우리가 백구에게 말을 건네면, 백구는 마치 말을 알아듣기라도 하듯이 귀를 쫑긋 쫑긋하며 큰 눈을 더욱 크게 떴다. 우리로서는 그 모습이 여간 귀여운 것이 아니었다. 항상 그렇게 백구와 이야기를 하다가 백구가 늘 있던 자리에서 안 보이기라도 하면 "백구야……" 하고 이름을 불렀고, 그래도 나타나지 않으면 그 서운한 마음은 이루 표현할 수 없을 정도였다.

"참! 동물한테는 먹는 것이 제일 중요한데 이렇게 먹을 것도 준비 안 해오니…… 우리가 너무한 것 같다"라고 어머니는 말하곤 했다. 그러던 어느 날, 백구와 장난치며 이야기하다가 발걸음을 떼신 어머니가 이렇게 말하는 것이었다.

"백구는 좋겠다…… 배부르게 먹고, 편하게 살 집도 있고 하니 단순한 데서 행복하잖아."

"글쎄…… 과연 행복할까요?"

나는 어머니가 개보다도 더 행복하지 못하다고 느끼는 현시대의 우리를 염두에 두고 말하는 것 같다는 생각이 들어 그것을 부인하기 시작했다.

"등 따시고 배부르게 살더라도 동물은 '행복'이란 감정을 느끼지 못하고 웃음도 없다고 들었어요. 게다가 부활도 없잖아요. 사람을 부활시킨다는 기록과 약속은 있지만, 이제까지 죽었던 동물들을 다 부활시키면 이 세상이 동물들 천지가 되겠는걸요. 뭐 동물의 왕국도 아니고. 동물은 죽으면 그만이죠."

"동물이 정말 행복한 감정이 없을까?"

"아 참! 게다가 영적인 의식도 없잖아요? 우리는 우주 절대자인 신이 있다는 의식을 가지고 있지만, 동물은 그런 의식도 없잖아요. 어머니는 동물이 신을 섬긴다고 제단 같은 거 만드는 거 보셨어요?"

우리는 이렇게 대화를 이어 나갔다.

그때 행복에 관한 유명한 성언이 떠올랐다. 산상수훈(예수님이 산에서 가르치신 말씀) 중의 하나였다.

자기의 영적 필요를 의식하는 사람들은 행복합니다(마태복음 5:3).

Happy are those conscious of their spiritual need.(Matthew 5:3)

인간만이 물질적인 욕구의 충족을 느끼는 것뿐만 아니라 영적인 필요를 자각한다는 점은 특권이 아닐 수 없다. 인간은 강아지나 고양이처럼 '배부르고 등 따신' 욕구의 충족에만 만족하지 않기 때문에 동물과 달리 고등 동물로 분류되고 그들을 지배할 수 있는 것이다.

그 뒤에 행복에 관한 성언이 이어진다.

애통해하는 사람들은 행복합니다.

그들이 위로를 받을 것이기 때문입니다.

성품이 온화한 사람들은 행복합니다.

그들이 땅을 상속받을 것이기 때문입니다.

의에 굶주리고 목마른 사람들은 행복합니다.

그들이 배부르게 될 것이기 때문입니다.

자비로운 사람들은 행복합니다.

그들이 자비를 받을 것이기 때문입니다.

마음이 정결한 사람들은 행복합니다.

그들이 하나님을 볼 것이기 때문입니다.

평화를 이루는 사람들은 행복합니다.

그들이 하나님의 아들들이라 불릴 것이기 때문입니다(마태복음 5:4~9).

Happy are those who mourn, since they will be comforted
Happy are the mild tempered ones, since they will inherit the earth
Happy are those hungering and thirsting for righteousness, since they will be filled.
Happy are the merciful, since they will be shown mercy
Happy are the pure in heart, since they will see God.
Happy are the peaceable, since they will be called 'sons of God.' (Matthew 5:4~9)

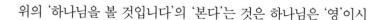

위의 '하나님을 볼 것입니다'의 '본다'는 것은 하나님은 '영'이시

므로 문자적으로 본다는 뜻이 아니고 마음에서 그분을 만난다는 의미다.

만약 우리가 행복해지기를 꿈꾼다면 위의 성언을 실천하면 되지 않겠는가?

첫째, 물질에서만 만족하는 것이 아니라 영적인 필요를 느끼고 충족시키려 하고,

둘째, 급하게 화내는 성질을 고치고 온화한 사람으로 되려고 노력하고,

셋째, 남들에게 베풀려고 노력하고(꼭 물질이 없더라도 베풀 수 있다),

넷째, 너무 많은 욕심을 마음에 담지 않고 정결하고 순수한 마음을 가지도록 하고,

다섯째, 다른 사람들과 이익을 위해 다투기보다는 평화롭게 지내도록 조금씩이라도 매일 노력해 보는 것이다.

무엇보다도 "주는 것이 받는 것보다 더 행복하다"(사도행전 20:35)는 성언을 적극적으로 실천해 보는 것이 어떨까?

하얀 개 백구가 언제나 우리를 반갑게 맞이하는데 항상 먹을거리를 주지 못해 미안한 마음이 있었다. 그러던 어느 날 어머니와 함께 닭백숙을 먹을 때 어머니는 뭔가 생각난 듯이 무릎을 치며 말했다. "아, 맞다, 이 닭 뼈를 모아서 백구를 갖다 주면 좋아하겠는걸."

우리는 닭 뼈를 열심히 모으면서 알 수 없는 흥분에 들떴다. 어머니도 흥분되는지 소란스럽게 뼈를 담을 그릇을 찾으셨다. 우리는 내심 내일 닭 뼈를 받아먹으며 좋아할 백구의 모습을 연상하고는 기분이 좋았다. 봉사 활동에 참여하면서 누군가 했던 말이 갑자기 떠올랐다. "인생은 신바람 날 일이 있어야 사는 거 아니에요? 이렇게 많은 사람을 위한 봉사 활동에 참여하고 나니 얼마나 기분이 좋은지 모르겠어요." 그는 노인들을 위한 밥과 국을 뜨면서 이렇게 말했었다.

'바로 그거야, 우리 모녀가 힘이 나고 마음이 들뜬 것은 우리를 따라 주는 강아지한테 우리도 뭔가 줄 게 있다고 생각하기 때문이지'라는 생각이 뇌리를 스쳤다.

다음 날 우리는 즐겁게 뒷산을 올랐는데, 어쩐 일인지 그 집에서 백구가 보이지 않았다.

"일부러 닭 뼈를 모아 왔는데…… 백구야!" 아무리 불러도 백구는 나타나지 않았고, 우리는 조금씩 지치기 시작했다. 그런데 얼어붙은 밭을 힘없이 지나가는데 백구가 저 밑에서 놀고 있는 것이 보이는 게 아닌가? 잃어버린 강아지를 찾아낸 주인처럼 우리는 반갑게 달려갔다.

"백구야! 맘마…… 맘마 먹어야지." 어머니가 크게 소리를 치자, 희한하게도 백구가 '맘마'라는 소리를 알아듣더니 쏜살같이 달려오는 것이 아닌가! 백구는 곧 닭 뼈를 맛있게 뜯기 시작했고, 다 먹고 나서는 우리를 계속 졸졸 따라왔다. 심지어는 우리가 보는 앞에서 눈밭에 몸을 뒹구는 재롱까지 떨었다.

"아이쿠, 이 귀여운 자식!" 하며 귀여워 어쩔 줄 몰라 하시는 어머니는 심지어 "내일은 생선을 좀 삶아 갖다 줘 봐야지"라고 말하며 즐거워했다. 우리는 매우 즐거운 오후를 보내고 백구에게 무언가 주었다는 흐뭇한 마음에서 콧노래를 부르며 집으로 돌아왔다.

한번 도전해 보라!

아주 작지만 행복해질 수 있는 것들을 실천해 보면서…….

행복이 멀리 있지 않다는 것을 느끼게 되는 그날까지…….

그냥 피어 있는 꽃은 없습니다

가슴으로 제조한
사랑의 약을
먹는 병자

어느 날 가까운 친구의 어머니가 나에게 병원을 함께 가 줄 것을 부탁했다. 병원에서 뭔가 중요한 할 말이 있다고 하는데 혼자 가기가 무섭다고 하셨다. 병원으로 가서 의사를 만났고, 어머니가 침대에 누워 있는 동안 의사가 나에게만 할 말이 있다고 했다.

"뭐라고 말씀을 드려야 할지 모르겠습니다만……." 의사가 주저하며 말을 꺼냈다.

"뭔가 안 좋은 소식인가요? 말씀해 주셨으면 합니다."

"저…… 어머님에게 다량의 암세포가 보였습니다. 말기 암으로 생각됩니다."

그 순간 앞이 캄캄해졌다. 갑자기 찾아오는 뜻밖의 달갑지 않은 소식은 바로 '병'이다.

친구 어머니는 당뇨병으로 여러 해 동안 고생하고 계셨고, 병석에 누워만 지내셔야 했던 기간도 있었다. '도대체 뭐라고 말씀드려야 하나? 이 사실을 알게 되면 충격을 많이 받으시겠지?' '병과 이제껏 싸워 온 것도 지겨우실 텐데 어쩌면 좋지' 등등 여러 가지 생각이 스치고 지나갔다. 자신이 병마와 싸워야 하는 것만큼 우리에게 낙담을 안겨 주는 일이 있을까?

친구 어머니와 함께 택시를 타고 돌아오면서 대학 시절 친구의 모습이 문득 떠올랐다. 고등학교 친구인 경희는 늘 얼굴빛이 불안하고 피곤해 보였다. 그리고 대수롭지 않은 말에도 짜증을 내곤 했다. 친구 중에서 가장 똑똑해서 부러움을 사는 그녀였기에 그녀의 그런 어두운 모습이 이해가 되지 않았다. 나중에서야 그녀의 아버지가 고생하면서 개업한 대중목욕탕이 성공을 거두기 시작할 무렵 그만 중풍으로 쓰러져서 오랫동안 병석에 누워 있었고, 가족들은 병간호하기에 여념이 없다는 사실을 알게 되었다.

병마와 싸우는 것은 육체뿐 아니라 정신도 몹시 지치게 한다. 특히 그 병마와 장기간 싸워야 하는 사람들은 정상적이지 못한 자신의 삶에 괴로움을 느끼게 된다.

그러한 상황에 놓여 있는 모든 사람에게 이 성언을 바치고자 한다.

> 하나님께서 병상에서 그를 붙들어 주시리니,
> 당신은 정녕 그의 병중에 그의 모든 침대를 바꾸어 주실 것입
> 니다(시편 41:3).
>
> Jehovah himself will sustain him upon a divan of illness;
> All his bed you will certainly change during his sickness.(psalm 41:3)

어떻게 보이지 않는 영적인 존재가 우리 곁에서 우리를 붙들어 줄 수 있는지 의아해하는 사람들도 있을 것이다.

이 성언의 이해를 돕기 위해 일화 한 가지를 소개하고자 한다. 나는 어렸을 때 지독한 감기에 걸려 끙끙 앓았던 적이 있다. 펄펄 끓는 열 때문에 목이 몹시 아파서 끙끙거리는 소리가 저절로 나올 정도였다. 열이 계속되고 온몸이 아픈 탓에 '사람이 감기로 죽을 수 도 있겠구나'라는 생각이 들었다. 동생은 약이 잘 듣지 않는다며 약 국으로 뛰어가 다른 약을 사다 주었다. 할머니는 과일을 사 오셨고, 내 머리에 손을 얹어 보셨다. 그러나 자정이 넘자 모든 식구가 잠 에 빠져 버렸다. 깊은 밤 모든 식구가 잠들어 있는데, 오직 한 사람 만 깨어서 세숫대야에 얼어 있는 얼음을 깨어 와 그 얼음 속에 손

을 담그고 얼어 가는 손을 '호호' 불어가며 비틀어 짠 찬 물수건을 계속 갈아주었다.

그가 누구였을까? 바로 '어머니'였다. 아마 모두 비슷한 경험을 했을 것이다. 그런데 인간인 어머니도 안타까워하며 그렇게 나의 병상을 떠나지 못했는데, 하물며 우리를 창조하신 하늘의 아버지도 그 병상 옆에서 우리를 떠나지 않고 지켜주시지 않겠는가? 그는 위의 "병상에서 붙들어 주시니"라는 성언처럼 우리의 병상을 절대 떠나지 않고 가까이서 지켜보며 손을 꼭 붙잡아 주신다.

현재 어떤 질병을 앓고 있거나 혹은 질병에 걸린 가족을 돌보느라 지치고 힘든 나날을 보내고 있는가? 긴 병에 효자 없다는 말이 있듯이 때로는 정말 떠나고 싶은 마음이 들기도 할 것이다. 어떠한 불치의 병을 앓더라도 우리는 이사야가 예언한 놀라운 미래가 오고 있음에 위안을 얻을 것이다.

그리고 어떤 거주자도 "내가 병들었다"고 말하지 않을 것이다 (이사야 33:24).

And no resident will say "I am sick".(Isaiah 33:24)

그냥 피어 있는 꽃은 없습니다

실패하여 그대는 울다 지쳤는가?

며칠 전 우연히 인터넷에서 한 청년이 올려놓은 글을 보았다. 취업을 위해 이력서를 100군데 정도 넣었는데 그중 연락이 오는 회사가 한 곳도 없다고 하는 안타까운 사연이었다.

"저는 어떻게 해야 하나요"라고 주위에 도움을 요청하는 글로 끝을 맺고 있었다. 이것이 과연 그 청년의 잘못일까? 졸업생들을 모두 수용할 수 없는 우리 경제와 사회의 현실일 뿐이다. 그럼에도 그 청년은 무척이나 좌절감을 느낀다고 자신의 심정을 토로했다.

이 사연을 읽고 추운 겨울날 고사리 같은 손을 비벼가며 어깨를 축 늘어뜨리고 걷고 있는 고등학교 3학년 때의 내 모습이 문득 떠올랐다. 고등학생인 나에게 대입 시험은 인생에서 거쳐야 하는 첫 번째 관문인 것처럼 느껴졌었다. 너무 긴장을 한 탓인지 시험 이틀 전에 감기에 걸리고 열이 오르기 시작했다. 전날 잠도 제대로 자지 못하고 아침에 서둘러 간 시험장에서 열이 오르고 머리가 끊임없이 어지러워 문제도 제대로 눈에 들어오지 않았다. 열심히 준비했지만, 컨디션이 안 좋은 관계로 시험을 엉망으로 치를 수밖에 없었다. 당시 나는 '내 인생은 끝난 것인가?'라는 생각이 들 정도로 암담한 심정이었다. (물론 이후에 다시 시험에 재도전했다.)

지금은 유명 연예인이 된 달인 김 모 씨는 각 방송국 공채 시험에 6~7번씩 떨어졌다고 한다. 대학도 6번 불합격했다. 그는 깊은 좌절감에 빠져 '나라는 인간은 방송인이 될 수 없는 것인가' 하고 생각하며 생을 마감할 생각까지 했다고 한다.

위의 세 가지 사례는 겪어 보지 못한 사람은 상상하지 못할 좌절감을 겪게 되는 일이다. 거듭되는 좌절로 겪게 되는 충격은 말로 표현하기 힘들 정도로 엄청나다.

그러나 놀랍게도 수많은 실패를 겪고도 일어서는 사람들이 있다. 7년 동안 재수를 하여 자신이 원하던 대학에 결국 입학했다는 성공 후기를 종종 접하기도 한다. 앞에서 언급했던 연예인 김 씨도 6번을 떨어지고 7번째 마침내 원하던 방송국에 입사하여 일할 기회를 얻게 된다. 현재는 모든 사람의 사랑을 한 몸에 받으며 최고

조르주 피에르 쇠라

아스니에르에서 물놀이하는 사람들
Baigneurs a Asnieres

1883~1884년
유화 갠버스에 유채
300×200cm
런던 내셔널 갤러리 소장

의 전성기를 구가하고 있다.

"좌절은 있어도 포기는 없다."

이것은 성공한 사람들이 가슴에 새기고 실천하는 의미심장한 말이다.

그리고 너무나 유명한 말을 성스러운 책에서 찾을 수 있다.

계속 청하십시오. 그러면 주어질 것입니다.

계속 찾으십시오. 그러면 발견할 것입니다.

계속 두드리십시오. 그러면 열릴 것입니다(마태복음 7:7).

Keep on asking, and it will be given you;

Keep on seeking, and you will find;

keep on knocking, and it will be opened to you.(Matthew 7:7)

그들의 성공은 그 성공의 문이 첫 번의 시도에 열려서 눈부신 것이 아니다. 그들이 결코 포기하지 않고 계속 두드리다가 열렸기 때문에 문에서 나오는 빛이 더 눈부신 것이 아닌가 하는 생각을 해본다. "Keep on"이라는 표현에 유의해 보자.

이것은 '계속 하다'라는 뜻이다. 그렇다면 언제까지 해야 하는 것일까?

정답은 바로 문이 열릴 때까지이다.

당신도 다시 한 번 도전해 보라!

찬란한 금빛의 태양빛이 드디어 나타나 눈을 부시게 해 줄 그 문이 열릴 때까지…….

인생의 목표는
일등이 아니라
완주하는 것이다

김동주 씨는 숨 가쁘게 달려왔다. 그는 초등학교 1학년부터 고등학교 3학년 때까지 수석을 놓쳐 본 적이 없다. 최고 대학인 모 대학을 과 수석으로 졸업했고, 졸업 후에는 국내 최고 기업인 모 기업에 추천을 받아 입사해 동기 중에서 최연소로 과장이 되었다.

아마 이런 사람을 가끔 보았을 것이다. 그런데 우리 인생을 놓고 볼 때 한 가지 생각해 봐야 할 것이 있다. 인생은 단거리 경주가 아니라 마라톤이라는 사실을 말이다.

긴 마라톤을 단거리 경주처럼 너무 빨리 달려간다면 어떤 일이 일어나게 될까? 만약 전속력으로 달리다가 조그만 돌부리에라도 걸리면 그 자리에서 넘어지지 않겠는가? 전속력으로 달려온 속도에 비례해 땅에 부딪히는 아픔도 그만큼 커진다. 또한 후반부까지 가서 얼마 남지 않은 지점에서 에너지가 고갈되어 포기하게 되는 일은 없을까?

방송에 출연해 이야기하던 여성 연극배우의 말이 떠오른다. 그녀는 인생의 전성기를 누리며 톱스타라는 소리를 듣다가 작품 섭외가 뜸해지자 내리막길을 걷는 것이 아닌지 불안해지기 시작했다. 그때 우연히 올림픽 경기를 시청하게 된다. 올림픽 게임에서 한 흑인 선수가 출발하자마자 부상을 입어 의사가 경주를 중단하라고 경고했지만, 그는 부상당한 아픈 다리를 질질 끌면서 일등으로 들어온 마라토너보다 몇 시간이나 늦게 결국 골인지점까지 완주하고는 마침내 쓰러진다. 이 모습을 보고 그녀는 다시 용기를 내게 되었다고 한다.

'내가 비록 일등이 못 된다 하더라도 이제는 완주를 한다는 생각을 가지고 달리자'라는 마음을 먹고 나니 편해졌고, 그 후에 작품 활동에 더욱 전념할 수 있게 되었다고 고백했다.

앞의 마라톤 선수가 부상을 당한 이유는 그가 너무 조급하게 출발하려고 하다가 옆의 선수와 발목이 엉기면서 함께 쓰러지고 넘어지면서 충격을 받아 심각한 부상을 당하게 된 것이다. 마라톤을 장거리 게임으로 보지 않고 단거리 게임 같이 생각하여 마음만 조급해함으로써 결과적으로 낭패를 당한 것처럼, 우리도 인생을 살면서 그렇게 넘어질 수 있다.

그렇게 열심히 달려온 직장 동료 김 씨가 바로 그렇게 되고 말았다. 갑자기 원인을 알 수 없지만 조금만 움직여도 피곤해지는 병에 걸려(의사는 스트레스를 너무 많이 받았던 것도 원인인 것 같다고 언급하였다) 1년 가까이 집에 누워 있어야 했다. 우리는 그처럼 인생의 갑작스런 장애물에 걸려 넘어지지 않도록 자신의 페이스를 조정해야 한다. 또 한편으로는 걸려 넘어지지 않도록 지혜를 달라고 기도해 보는 것도 좋을 것이다.

여러분을 걸려 넘어지지 않도록 지켜 주시고, 또한 여러분을 그분의 영광이 보이는 곳에 흠없이 큰 기쁨으로 서게 하실 수 있는 분(유다서 24).

Now to the one who is able to guard you from stumbling and to set you unblemished in the sight of his glory with great joy.(Jude 24)

바로 그분에게 기도해 보는 것이다. 꼭 일등으로 들어가지 않더라도 완주할 수 있게 지혜와 끈기를 달라고 말이다.

물론 일등을 바라지 않는 사람은 없을 것이다. 그러나 늦더라도 완주한 사람이 전혀 가치가 없는 것은 아니지 않은가?

한 번 걸려 넘어졌으나 포기하지 않고 일어선 그 올림픽 선수의 끈기와 용기는 우리에게 많은 점을 시사한다. 만약 그가 '일등 하는 사람만이 가치가 있고 존경과 영광을 받을 가치가 있다'는 생각을 했더라면 그는 부상당했을 때 그냥 땅을 잠시 내려다보고 있다가 포기하고 들것에 실려 병원에 가서 누워 있었을 것이다.

'일등 아니면 나는 죽을 것이다'라는 각오를 하고 있었어도 그는 다친 후 달리기를 시작도 하지 않았을 것이다. 부상당한 몸으로 일등을 할 수 없다는 것은 출발 전에 이미 결정되어 있는 사실이기

때문이다.

인생의 긴 여정을 달리다가 혹시 넘어지더라도 우리는 그 선수처럼 다시 일어나도록 하자. 힘에 겨워도 완주하는 사람이 일등만 하는 사람보다 아름답게 여겨질 수 있다. 그래서 우리는 일등은 목표로 하되 인생의 종말을 맞이할 때에는 이렇게 말할 수 있는 사람이 되었으면 한다.

나는 훌륭한 싸움을 싸웠으며, 달려갈 길을 끝까지 달렸으며, 믿음을 지켰습니다(디모데후서 4:7).

I have fought the fine fight, I have run the course to the finish, I have observed the faith.(2 Timothy 4:7)

혼자라고 느끼는 것은
누군가가 함께 있다는 것을
잊어서이다

멋있고 다정한 남편 그리고 아들과 딸을 둔 덕분에 항상 바쁘고 활기차게 산다고 느끼던 한 선배가 있었다. 어느 날, 그녀는 무슨 일이 있는지 이런 말을 했다. "결국 인간은 혼자인가봐! 정말 외로워."

나는 내심 이해가 가지 않았다. '멋진 남편에 어여쁜 자식이 둘이나 있는 사람이 저런 생각이 들 때가 있는 것인가?'라는 생각이 들었다. 선배에게 어떤 사연이 있는 것인지는 모르겠다. 남편은 직장에, 아이들은 학교에 가고 나서 혼자 덩그러니 남아 있자니 그런 감정이 생긴 것인지, 아니면 전날 남편과 사소한 말다툼이 있었는데 아이들이 엄마 편을 안 들어 주어 서운한 마음에 그런 것일까라는 등등 여러 가지 가능성이 문득 떠올랐다.

그런데 많은 사람의 사랑을 받는 사람들도 가끔 이런 감정을 느낄 수 있다는 한 조사 결과가 발표되었다. 단지 홀로 외로이 사는 사람뿐 아니라 대중의 관심과 사랑을 받는 사람도 본인은 가끔 외롭다는 감정을 가질 수가 있다는 것이다. 이것이 바로 군중 속의 고독이라는 것일까?

만약 당신이 주위에 가족과 친구들이 있음에도 이런 감정을 느끼게 되었다면 걱정할 필요는 없다. 이것은 인간의 보편적인 감정으로 고대의 기록에서도 찾아볼 수 있다.

예언자 예레미야도 그런 외로움을 느끼고 권력을 쥐고 있는 기득권자들에게 혼자서 예시를 전파하는 것을 두려워했다.

사실 우리는 보이지는 않지만 가장 든든하고 강력한 친구이자 지원군이 우리 곁에 있음을 잊고 사는 듯하다.

> 그들의 얼굴로 인해 두려워하지 말아라. 내가 너와 함께 있어 너를 구출할 것이기 때문이다. 하나님의 말이다(예레미야 1:8).
>
> Do not be afraid because of their faces, for 'I am with you to deliver you' is the utterance of Jehovah.(Jeremiah 1:8)

그냥 피어 있는 꽃은 없습니다

고독이라는 두려운 존재로부터 구출해 주실 것이라는 말씀이 있다. 문득 찾아오는 외롭다는 감정에서 우리는 벗어날 수 있을까? 보통의 인간과 함께 있어도 외로움은 느낄 수 있으나 강력한 영적인 존재가 나와 함께 있어 준다는 것은 상상만 해도 설레는 일이 아닐까! 그것도 언제는 있어 주고 언제는 떠난다는 의미가 아니다.

세 개의 W를 기억하자!

Whenever, Wherever, Whatever we do

언제나, 어디에서나, 무엇을 하든 그분은 우리와 함께 계신다. 예수께서도 다음과 같이 우리와 함께 계실 것을 보증하셨다. 지상의 끝까지, 이 사물의 제도가 끝날 때까지 언제나 같이 계시겠다고 말이다.

내가 여러분에게 명령한 모든 것을 지키도록 가르치십시오. 보십시오! 나는 사물의 제도의 종결까지 여러분과 함께 있습니다(마태복음 28:20).

teaching them to observe all the things I have commanded you. And, look! I am with you all the days until the conclusion of the system of things.(Matthew 28:20)

죄와 용서
그리고 사랑

한번은 지인을 만났는데, 그녀의 얼굴빛이 몹시 어두워 보였다. 오랫동안 간호사 일을 하다가 그만두어서 그런지, 아니면 혹시 해고당한 것은 아닌지 하고 잠시 생각해 보았다. 그러던 어느 날 그녀가 입을 열었다.

"내가 죽였어, 내가 죽였다고!"

"그게 도대체 무슨 소리예요?"

사건의 내막은 이러했다. 그녀는 실수로 환자가 바늘 하나를 삼키는 것을 막지 못했다. 결국 환자는 힘들어 하다가 죽고 말았다는 것이다. 그녀는 죄의식으로 인해 잠 못 드는 날이 많았다고 한다.

"그건 언니의 잘못이 아니에요. 그냥 어쩔 수 없이 일어난 사건이죠"라고 나는 그녀를 위로해 주었다.

그리고 비슷한 사례가 또 있다.

내가 아는 동생의 아버지는 간경화로 병원 신세를 지게 되었는데, 의사는 혹시 그가 아버지에게 간을 떼어 주는 간이식수술을 하면 가능성이 보인다고 말했다. 그러나 그는 망설이게 되었다. 혹시 자신이 어떻게 되는 건 아닌가 하는 생각도 들었고, 수술비용도 만만치 않은 데다 수술하고 나서도 75세인 아버지가 얼마나 사실 수 있을지 알 수 없는 상황이었기 때문이다. 그렇게 망설이고 있는 사이에 그만 아버지가 돌아가시고 만다. 그는 홀로 되신 어머니를 보며 용기 없이 망설이던 자신의 모습을 생각하며 죄의식과 더불어 마음이 착잡해졌다.

또 다른 실화가 있다.

미국의 어느 주에서 '일레인'이라는 여성이 자백을 하고 스스로 감옥에 들어간다. 십여 년 전에 고의가 담긴 실수로 사람을 죽였는데, 그녀는 용케 경찰에 잡히지 않고 결혼까지 하여 남들이 보기에 평범한 생활을 하고 있었다. 그런데 어느 날 그녀는 경찰서에 찾아가 죄를 고백했다. "늘 쫓기는 심정으로 살았어요. 이제는 다 털어놓고 가벼운 마음으로 살고 싶습니다."

남편은 사실을 알고 나서 그녀에게 자수하지 말라고 말렸다고 한다. 그러나 그녀의 결심을 막을 수는 없었고, 그녀는 사랑스런 남편과 아이 그리고 자신의 삶을 뒤로하고 스스로 감옥행을 택했다.

세 가지의 경우는 우리 주위에서 어렵지 않게 보거나 들을 수 있는 사례다. 첫 번째 경우처럼 자신의 잘못이 아닌 데도 결과가 안좋았기에 죄의식을 가지고 사는 사람들이 있다. 그러나 나머지 두 경우처럼 자신의 고의성도 포함되어 죄가 성립된 것도 있다. 누구나 그만큼은 아닐지라도 살아가면서 저지르게 되는 크고 작은 잘못이 생각나면 움찔한 경험을 갖고 있을 것이다.

그런 순간을 위한 성언이 있다.

당신은 내가 도망자임을 기록해 두셨으니,
내 눈물을 당신의 가죽 부대에 담아 주십시오.
그것이 당신의 책에 있지 않습니까?(시편 56:8)
My being a fugitive you yourself have reported.
Do put my tears in your skin bottle.
Are they not in your book?(psalm 56:8)

쫓기는 도망자 같은 느낌이 잘 표현되어 있고, 우리가 흘리는 고통의 눈물이 나타나 있다.

그러나 하나님은 그 눈물을 자신의 가죽부대에 넣어 둘 만큼 그

그냥 피어 있는 꽃은 없습니다

마음의 고통을 이해하는 유일한 존재이시다. 쫓기던 그가 〈시편〉의 한 구절에서 고통을 이야기하며 자신의 죄를 용서해 달라는 말을 구구절절이 호소하고 있다. 한 여성을 간음했고, 그 남편을 전쟁에 나가 죽게 하고, 그 여인을 부인으로 맞이했던 그 죄를 말이다.

그는 바로 솔로몬의 아버지 다윗이다. 그는 나중에 예언자 나단이 와서 잘못을 지적하자 그때서야 비로소 잘못을 깨닫고 이렇게 부르짖는다.

> 나를 잘못에서 말끔히 씻어 주시고,
> 내 죄에서도 깨끗하게 하여 주십시오.
> 내가 나의 범법 행위들을 알고 있고
> 내 죄가 항상 내 앞에 있기 때문입니다(시편 51:2~3).
> thoroughly wash me from my error,
> and cleanse me even from my sin.
> For my transgressions I myself know,
> and my sin is in front of me constantly.(psalm 51:2-3)

한 나라의 왕으로서 백성에게 사랑을 받았고, 거인인 골리앗과 맞부딪치는 용기를 가졌던 그도 엄청난 죄의식에서 두려움을 가지고 있었다는 사실은 오히려 우리에게 위안을 준다.

조르주 피에르 쇠라

서커스
Le cirque

1891년
유화 캔버스에 유채
185×152cm
오세 미술관 소장

그리고 그의 시에서 우리가 어떻게 해야 하는지 그것에 대한 해답을 얻게 된다.

"하나님께 내 범법 행위를 고백하겠습니다"하고 말했습니다. 그러자 당신은 내 죄들의 잘못을 사하셨습니다(시편 32:5 중반).

I said 'I shall make confession over my transgressions to Jehovah' and you yourself pardoned the error of my sins.(part of psalm 32:5)

우리는 이 성언을 통해 먼저 고백해야 한다는 사실을 알 수 있다. '내가 뭘 잘못했는데' 하는 태도가 아니라 '내가 잘못한 것이 있었구나' 하는 인식을 함으로써 좋은 출발을 할 수 있다. 그렇게 하면 우리가 용서받을 수 있다는 보장이 나타나 있다. 예를 들면, 다윗은 실제로 성서에서 그리고 하나님께 간음한 자, 살인자, 계략을 꾸미는 자로 기억되지 않았다. 하나님은 그가 과오를 반성하는 순간 잘못을 다 용서해 주셨을 뿐 아니라 잊어 주셨다.

'오 나의 충실한 종 다윗'이라고 부르셨으며, 그의 왕위가 군건할 것이라는 '다윗의 계약'까지 맺어 주신다. '네가 회개하고 용서를 구하면 마치 심홍색으로 얼룩진 천을 다시 하얗게 하듯이 그렇게 죄를 네게서 없애주겠다'라는 약속을 하셨다.

이제 나는 죄인이니 더 이상 하나님께 다가갈 면목이 없다고 생각한 사람들이 있다면 성령을 배반한 유다와 같은 죄가 아니라면 기꺼이 받아 주시고 용서해 주시는 그분께 다시 다가갈 필요가 있다.

이사야의 글은 하나님은 반드시 용서해 주신다는 사실을 명확히 보여 준다.

악한 사람은 그 길을, 해를 입히는 사람은 그 생각을 버리고 하나님께 돌아오너라. 그분이 그에게 자비를 베푸실 것이다. 우리 하나님께 돌아오너라. 그분이 너그러이 용서하실 것이다 (이사야 55:7).

Let the wicked man leave his way, and the harmful man his thoughts; and let him return to Jehovah, who will have mercy upon him, and to our God, for he will forgive in a large way.(Isaiah 55:7)

정말 실수로 죄를 저질렀다면 점차 잊도록 노력하자.

그러나 고의로 지은 죄가 있다면 이제 용서를 받도록 노력하고, 여러 날 자신을 괴롭혀 온 죄의식에서 벗어나도록 하자.

그냥 피어 있는 꽃은 없습니다

우울하고 힘든 시기에 찾아든 빛

다음의 글은 너무나 유명하며, 전 세계의 많은 벽을 장식하고 있는 글이기도 하다.

모래 위의 발자국

어느 날 밤 어떤 사람이 꿈을 꾸었습니다.
하나님과 함께 해변을 걷고 있는 꿈이었습니다.
하늘 저편에 자신의 인생 장면들이 번쩍이며 비쳤습니다.
한 장면씩 지나갈 때마다 그는 모래 위에 난 두 쌍의 발자국을 보

있습니다.

하나는 그의 것이고, 또 다른 하나는 하나님의 것이었습니다.

인생의 마지막 장면이 비췄을 때 그는 모래 위의 발자국을 돌아보 았습니다. 그는 자기가 걸어온 발자국이 한 쌍밖에 없는 때가 많다는 사실을 알아차렸습니다. 그때가 바로 그의 인생에서는 가장 어렵고 슬프고 힘든 시기였다는 것도 알게 되었습니다.

그것이 몹시 마음에 걸려 그는 하나님께 물었습니다.

"하나님, 하나님께서는 제가 당신을 따르기로 결심하고 나면 항상 저와 동행하시겠다고 하셨습니다. 그런데 지금 보니 제 삶의 가장 어 려운 시기에는 한 쌍의 발자국밖에 없습니다. 제가 가장 하나님을 필 요로 했던 시기에 하나님께서 왜 저를 버리셨는지 모르겠습니다."

하나님께서 대답하셨습니다.

"나의 소중하고 소중한 아들아,

나는 너를 사랑하기 때문에 너를 버리지 않는다.

네 시련과 고난의 시절에 한 쌍의 발자국만 보이는 것은

내가 너를 업고 간 때이기 때문이니라.

"The times when you have

seen only one set of footprints,

is when I carried you."

-메어리 스티븐슨

참으로 아름답고 서정적인 글이다.

그런데 아이러니한 점은 메어리 스티븐슨Mary Stevenson이라는 여성이 이 글을 쓴 때는 미국이 최악의 상황을 겪고 있었던 Great depression(1930년대의 경제 대공황) 시기였다. 그녀는 주위의 많은 어렵고 슬픈 상황들을 보면서 영감을 받아 이 글을 썼다고 한다. 경제 대공황 시기에 수많은 사람이 경제적으로 큰 어려움을 겪게 되자 자녀들을 부모님 집에 보내야 했고, 전기세를 내지 못해 전기가 끊어지는 등 '빛'이 없는 우울하고 힘든 시기를 보내야 했다. 그런 가장 어둡고 힘든 시절을 겪으며 그녀는 세상 사람들에게 가장 많은 빛을 비추고 있는 위로의 글을 쓸 수 있었던 것이다.

두 번째 이야기도 마찬가지다. 호주의 옛 유명 여가수 올리비아 뉴튼 존Olivia Newton-John은 갑자기 암 판정을 받게 되었다. 그녀는 수술을 받아야 했고, 여성의 상징이자 아름다움을 절단해 버려야 했다. 그러나 그녀는 한 인터뷰에서 이런 말을 했다.

"나의 인생에서 가장 절망적인 순간을 맞아야 했었죠. 그러나 돌이켜 보니 인생에서 가장 잊지 못할 아름다운 한 해였다고 말하고 싶어요. 암과 싸우며 나는 살아 있음의 소중함, 그리고 가족의 사랑의 소중함과 많은 사람의 사랑의 소중함을 절실하게 배울 수 있었죠."

암과 싸워야 했던 시기는 그녀에게 인생의 가장 어두운 시절이었지만, 그녀는 그 시기를 겪음으로써 더 소중한 것을 깨닫게 되었고, 결국 '멋진 한 해'였다고까지 말을 할 수 있었다.

우리에게 문제가 닥칠 때에는 하나씩 오는 것이 아니라 갑자기 한꺼번에 몰릴 때가 있다. 그런 최악의 순간에서 벗어나려고 노력하는 데 도움이 되는 성언이 있다.

내가 너와 함께 있으니 두려워하지 말라. 내가 너의 하나님이니 두리번거리지 말라. 내가 너를 강하게 하겠다. 내가 참으로 너를 돕겠다. 내가 참으로 나의 의의 오른손으로 너를 굳게 잡아 주겠다(이사야 41:10).

그냥 피어 있는 꽃은 없습니다

Do not be afraid, for I am with you. Do not gaze about, for I am your God. I will fortify you. I will really help you. I will really keep fast hold of you with my right hand of righteousness.(Isaiah 41:10)

하나님께서 그의 강한 손으로 우리를 잡아 주시겠다니 우리가 어떻게 넘어져 있을 수 있는가?

예를 들어 보겠다. 길을 가다가 아이가 어두운 곳에서 돌부리에 걸려 넘어진다. 누가 일으켜 세워 주는가? 바로 옆에서 걷고 있던 부모다. 부모는 그 아이를 얼른 일으켜 세우고 다리에 묻은 흙먼지를 떨어 주고 아이의 손을 꼭 잡으며 이렇게 물어본다. "괜찮니? 아무것도 아니니까 울지 마라."

이처럼 하늘의 아버지께서는 우리가 어둠 속에 쓰러져 있도록 내버려 두시지 않을 것이다.

또 하나의 용기를 북돋워 주는 성언이 있다. 많은 사람의 정신적 지주인 모세가 죽자 여호수아는 갑자

기 주요 직책을 맡고 난감해하는데 바로 이때 하나님께서 하신 말씀이다. 이것은 하나님께서 여호수아에게 한 말씀이지만, 오늘날의 우리에게도 하시는 말씀이기도 하다.

> 내가 너에게 명령하지 않았느냐? 용기와 힘을 내어라. 충격을 받거나 겁내지 말라. 네가 어디로 가든지 너의 하나님이 너와 함께 있다(여호수아 1:9).
>
> Have I not commanded you? Be courageous and strong. Do not suffer shock and terrified, for Jehovah your God is with you wherever you go.(Joshua 1:9)

그냥 피어 있는 꽃은 없습니다

실패의 아픔으로 얻은 찬란한 성공

내가 아는 한 분은 유명연예인의 남편인데, 그는 손을 안 댄 일이 없을 정도로 여러 가지 일을 했다. 인테리어 건축업, 설렁탕 집, 학원 경영, 책 할부 판매 등. 그를 만날 때마다 직업이나 하는 사업이 다를 정도였다. 그런데 하는 일마다 실패했다. 그는 부인의 재산까지 모두 탕진하고는 깊은 좌절감에 빠져 있었다.

두 번째 일화는 다음과 같다.

스페인의 남부 도시 세비야에 업무상 볼일이 있어 가게 되었다. 한 중급 호텔에 머물렀을 때였는데 호텔 리셉션 담당자와 이런저런 이야기를 나눌 기회가 있었다. 이야기를 나누던 도중에 그가 갑자기 하나의 두툼한 책자를 꺼내며 앞으로 여행을 하면 그 책자에 나와 있는 호텔들을 참조하라며 건네주었다. 그 호텔은 전 세계에 90개의 체인이 있었고, 아름다운 방과 호텔 전경의 사진이 실려 있었다. 그리고 호텔 주인에 대한 이야기가 나왔는데, 그는 젊은 시절 하는 사업마다(10개 이상) 실패하고는 마침내 집에서 자신의 방을 약간 개조하여 호텔 방을 예약해 주는 조그만 사업을 시작했다. 그런데 놀랍게도 그는 현재 그 책자에 나온 90개의 체인을 가진 세계적인 호텔의 경영자가 되어 있었다.

다음의 세 번째 일화는 수많은 실패를 겪은 사람의 이야기다.

그는 1831년에 사업에 실패했던 사람이다.

그는 1832년에 일리노이 주 의회 의원에 출마해서 실패했다.

그는 1833년에 다시 사업에 실패했고, 그의 사랑하는 아내가 그해에 세상을 떠났다.

그는 1836년에 신경과민으로 좌절했다.

그는 1838년에 미국 하원의장에 출마했으나 실패했다.

그는 1840년과 43년 하원의원 선거에서 실패했다.

그는 1848년과 55년 상원의원 선거에서 실패했다.

그는 1856년에 부통령 선거에서 실패했다.

그는 1858년에 상원의원 선거에서 실패했다.

그럼 이 사람은 인생의 실패자일까?

조르주 피에르 쇠라

에펠 탑
La Tour Eiffel

1889년
유화 캔버스에 유채
15.2×24cm
샌프란시스코 미술관 소장

하는 것마다 실패하고 사업에 실패했을 때는 막대한 빚까지 떠안게 되었다고 한다. 이것은 바로 너무나 유명한 에이브러햄 링컨 Abraham Lincoln의 실패 기록이다. 더욱이 그는 타고난 우울증 환자로 저절로 우울해지는 치명적인 단점도 있었다. 그러나 그는 우울한 감정에 빠져 있지 않기 위해 열심히 공부하고 다른 것에 전념했다. 무수한 실패 끝에 16대 대통령으로 극적인 성공을 이루고 자신이 타고난 결점까지 극복한 링컨은 역대 가장 훌륭한 대통령으로 지금까지도 추앙받고 있다.

> 자네의 시작이 보잘것없을지 모르지만(미약하나) 자네의 나중 끝은 몹시 크게 될걸세(욥기 8:7).
>
> also, your beginning may have proved to be a small thing, But your own end afterward would grow very great.(job 8:7)

이 성언처럼 수많은 실패를 겪은 사람이 그 실패를 바탕으로 시행착오를 줄이고 나중에 큰 성공을 거두는 이야기를 주위에서 많이 듣게 된다.

처음 언급했던 하는 일마다 실패했던 내가 아는 분도 조그만 무역업을 다시 시작해 지금은 탄탄한 길을 걷고 있다.

살아가면서 실패를 하지 않는 사람은 없다. 그러나 실패가 연속되면 조금씩 좌절하고 다시 도전하기도 두렵게 되는 것은 사실이다. 그렇지만 한 가지 중요한 사실은 실패를 거듭할수록 오히려 강한 내성이 생기게 된다. 또한 꼭 해내고 말겠다는 집념도 강하게 자란다.

당신도 다음의 성언처럼 되기를 진심으로 바란다. 실패가 아프기 때문에 드디어 찾아오는 성공은 어느 무엇보다 찬란하고 값진 것이 될 수 있다. 또한 아팠던 자신을 치유해 준다.

그는 정녕 물길들 곁에 심겨서

그 열매를 제철에 내주고

그 잎이 시들지 않는 나무같이 되리니,

그가 하는 일마다 성공하리라(시편 1:3).

And he will certainly become like a tree planted by streams of water.
That gives its own fruit in its season.
And the foliage of which does not wither.
And everything he does will succeed.(Psalms 1:3)

박해가
가져다주는
행복

아는 동생의 이야기다. 그녀는 어느 순간부터 하나님을 믿기 시작했다. 그러나 부모는 다른 종교를 선택하라며 그녀에게 압력을 가했다. 그녀는 고등학교를 갓 졸업하고 대학에 진학하고 싶어 했지만, 부모는 그녀가 말을 듣지 않는다는 이유로 집을 택하든지 하나님을 택하든지 둘 중의 하나를 선택하라고 했다. 그녀가 하나님을 선택하겠다고 하자 부모는 한겨울에 그녀를 집에서 내쫓아 버렸다. 그녀의 주머니에는 겨우 몇백 원밖에 안 되는 교통비가 들어 있었다. 그녀는 학교에서 공부한 것 이외에 무언가 할 수 있는 기술도 없었다.

그냥 피어 있는 꽃은 없습니다

다음은 짧은 두 번째의 일화다.

내가 아는 친구의 오빠는 군대에 입대했다. 그런데 이유 없이 자신을 때리는 군대의 선배를 이해할 수 없어서 대들었다고 한다. 군대 선배는 자신의 권위에 도전했다고 생각해 친구 오빠를 몹시 미워했다. 친구 오빠는 군대를 제대하기까지 내내 선배의 구타와 박해를 받아야 했다.

우리는 경제적이든 정신적이든 의견이 맞지 않는 사람으로부터 혹은 어떤 오해가 발생하여 다른 사람들로부터 박해를 받을 수 있다. 물론 유쾌한 일은 아니다. 나의 경우는 하숙집의 주인이 물건을 훔쳐가서 돌려 달라고 했더니 오히려 나보고 이상한 사람이라며 박해를 한 적이 있다.

어떤 이유에서든 박해를 받았던 (혹은 현재 받고 있는) 사람들에게 위로가 되는 성언이 있다.

사람들이 나 때문에 여러분을 박해하고 여러분에 대하여 거짓으로 온갖 악한 것을 말할 때에 여러분은 행복합니다(마태복음 5:11).

Happy are you when people reproach you and persecute you and lyingly say every sort of wicked thing against you for my sake.(Matthew 5:11)

아마 누구나 '나를 따돌리고 나에 대해 온갖 험담을 하는 것이 내게 다시 돌아와 귀에 들리는데 행복할 수가 있나요?'라고 생각할 것이다.

말도 안 되는 성언처럼 들린다. 그런데 바로 뒤에 그 이유가 나온다.

> 기뻐하고 또 기뻐 뛰십시오. 하늘에서 여러분의 상이 크기 때문입니다(마태복음 5:12).
>
> Rejoice and leap for joy, since your reward is great in the heavens.
> (Matthew 5:12)

바로 보상이 있기 때문이라는 것이다. 처음에 언급한 사례의 동생은 지독한 경제적인 박해를 받고 집에서 쫓겨났으나 믿음을 잃지 않았고, 다행히 도움을 주는 사람을 만나 지금은 행복하게 자신의 길을 걸어가고 있다. 그녀도 박해를 인내한 것에 대한 상을 받은 것이다.

두 번째 사례의 친구의 오빠는 그 군대 선배를 먼 훗날 다시 만나게 되었는데 정말 미안했었다고 사과를 하더라는 것이다.

그냥 피어 있는 꽃은 없습니다

우리가 박해를 받을수록 다른 곳에서 보상받을 수 있다는 사실은 커다란 위안이 된다.

만약 당신이 몰래 자신의 아이가 동네 아이들과 노는 모습을 보았다고 하자. 동네 아이들이 놀리고 있는데 자신의 아이가 꿋꿋이 견디는 모습을 보게 되었다면 당신은 자신의 아이에게 다른 보상을 해 주고 싶지 않겠는가? 이해를 돕기 위해 나의 어린 시절로 잠시 돌아가 보겠다.

내가 여섯 살 때의 일이다. 할머니가 나의 손을 잡고 동네를 걸어가고 있었는데, 동네의 덩치 큰 아이가 다가와서 할머니 손을 잡고 있는 나를 때리고 도망쳤다. 할머니가 놀라서 물었다.

"아니, 너 평소에도 저 애가 못살게 구니? 내 손을 잡고 가는데도 때리는 것 보니 혼자 있을 때에는 아예 맞고 사는 거냐?"

"……"

"어서 말을 해 봐. 어떻게 여태까지 엄마나 할머니한테 말할 생각도 안 했어? 이 딱한 것아."

"말할 수가 없었어요. 말을 하면 엄마 가슴이 아프잖아요. 게다가 엄마랑 저 애 엄마가 싸우실 거고요."

"……"

내 얘기를 듣고 할머니는 할 말을 잊고 자신의 쌈지 돈을 털어 그 당시로서는 사치 음식이었던 아이스크림을 사 주셨다. 그렇다면 우리의 하늘 아버지의 마음은 어떠하실까? 우리가 박해를 받을수록, 그리고 우리가 그것을 꿋꿋이 인내할수록 다른 커다란 보상을 생각하신다. 그런 박해를 견디고 있는 자신의 자녀인 우리가 대견스럽기 때문이리라.

박해를 받더라도 절대 쓰러지지 말라. 오히려 오기를 내서 이겨나간다면 기나긴 어둠의 터널을 거쳐서 저 멀리 가느다란 빛을 보듯이 언젠가는 박해를 이겨내고 햇볕 아래 웃는 얼굴을 하고 걷고 있는 자신을 발견하게 될 것이다.

우리는 모든 면으로 압박을 받지만,

움직이지 못할 정도로 속박되지 않습니다.

당혹하지만, 빠져 나갈 길이 전혀 없는 것은 아닙니다.

박해를 받지만, 궁지에 버려지지 않습니다.

쓰러뜨림을 당하지만, 멸망되지 않습니다(고린도후서 4:8~9).

We are pressed in every way, but not cramped beyond movement;

We are perplexed, but not absolutely with no way out;

We are persecuted, but not left in the lurch;

We are thrown down, but not destroyed.(2 corinthians 4:8~9)

설사 쓰러졌다 해도 멸망하지 않을 것이다. 그러니 절대 물러서

그냥 피어 있는 꽃은 없습니다

지 말라. 밟혀도 밟혀도 일어서는 거친 잡초처럼 계속해서 일어나라. 박해를 받아 세상으로 던져졌다면, 그것은 더 이상 온실의 장미로 살아가는 것이 아니라 생명력 끈질긴 들꽃처럼 살아가야 하는 것을 배우는 것이다.

당신은 강한 들꽃이 될 준비가 되었는가?

제2장

희망 있는 나

: 잃어버린 꿈을 찾다

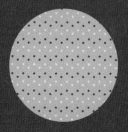

인내함으로
얻은
바람

내가 아는 한 총각은 10년을 같은 바람을 간구했다고 한다.

"저에게 맞는 배우자가 나타나서 다른 사람처럼 부모님 모시고 평범하게 살게 해 주세요."

그런데 그는 선을 볼 때면 시부모를 모셔야 되고 시누이들까지 있다고 하면 매번 퇴짜를 맞았다고 한다. 그는 10년 동안 자신이 그렇게 간구하는 데도 하나님께서 들어주시지 않는 것이 애석하기만 했다. 우리도 그와 비슷한 경험을 여러 번 겪었을 것이다. 그토록 애원하는 데 왜 들어주시지 않는 건지, 때로는 자신이 잘못한 게 있는 것은 아닌지 과거를 돌아보기도 한다. 그 이유를 알 수는 없지만, 좌절감이 드는 것은 사실이다.

현시대에 사람들을 하나님에게서 멀어지게 하는 첫 번째 원인이 '좌절감' 내지 '낙담'이라고 한다. 사람들은 '안 되는구나' 하며 낙담하고, '내가 뭔가 잘못했나 보지 축복도 받지 못하고'라고 생각한다고 한다. 그러고 나서 하나님에게서 서서히 멀어진다는 것이다.

이 얼마나 무서운 일인가?

그렇게 하나님께 등을 돌리기 전에 먼저 자신의 동기가 옳았는지 살펴보는 것이 어떨까? 아니면 아직 그 소원이 이루어질 '시기'가 찾아오지 않은 것은 아닐까?

예수님도 기도가 잘 들어지지 않는다고 생각한 적이 있었다.

그러나 "그는 아들이셨지만, 자기가 겪은 고난으로부터 순종을 배웠다"(히브리서 5:8)는 성언을 음미해 보자. 만약 우리의 기도가 들어주시지 않음으로써 겪는 고난이 있다면, 그것은 우리를 더욱 단련시키고 더 나은 사람으로 만들고자 하는 과정이 되는 것은 물론 뭔가 배울 기회를 주기까지 한다.

예를 들면, 내 친구는 사기를 당해 집의 큰 재산을 잃었을 때 억울하게 빼앗긴 재산을 다시 찾게 해 달라고 밤낮으로 간구했지만 이루어지지 않아서 크게 실망했다고 한다.

"돈을 달라 좋은 차를 달라 하는 간구도 아니고 억울하게 빼앗긴 재산이 돌아오게 해 달라는 것인데 왜 안 들어주는 겁니까?"

친구는 기도를 하다 지쳐서 한번은 이렇게 부르짖었다고 한다.

십 년이 지나고 친구의 가족은 다른 곳에서 보상을 받게 되자 그 때서야 비로소 깨달았다고 한다. 간구를 드렸을 때 재산을 당장 돌려받았다면 경제적 어려움을 겪지 않았을 것이고, 그의 가족은 어려운 사람들의 심정을 평생 이해하지 못했을 것이다.

간구는 우리가 바라는 때에 즉시 이루어지지는 않지만, 우리를 좀 더 성숙하게 하는 시점에 이루어져 있다는 사실을 잊지 말자.

다시 처음의 이야기로 돌아가 보자. 결혼을 꿈꾸며 10년을 간구하던 총각은 마흔을 넘기던 때 우연히 별 기대를 하지 않은 채 선을 보게 되었고, 그는 선 자리에서 상대에게 자신의 사정을 솔직히 이야기했다고 한다.

"저는 시부모를 모실 사람을 찾고 있는데요."

그런데 그녀의 대답이 뜻밖이었다.

"문제없어요, 모실 수 있어요."

그는 다른 조건은 보지도, 묻지도 않고 그녀와 선을 본 지 한 달 만에 결혼식을 올렸다. 이 부부는 현재 얼마나 아름답게 살고 있는지 모른다. 결국 총각의 간구는 이루어진 것이다. 다만 그 시기가 조금 늦게 왔을 뿐이다. 그러나 그 사이에 그는 성장할 수 있었고, 늦게 부인과 자식을 얻은 까닭에 더욱더 사랑을 쏟아붓게 되었다.

> 자기의 아들까지 아끼지 않으시고 우리 모두를 위하여 내주신 분이 왜 아들과 함께 다른 모든 것을 또한 우리에게 친절하게 주시지 않겠습니까?(로마서 8:32)
>
> He who did not even spare his own Son but delivered him up for all, why will he not also with him kindly give us all other things?(Roman 8:32)

이 성언처럼 당신이 올바른 동기로 진실하게 간구하고 있다면 모든 것을 기꺼이 내어주시려는 그분이 언젠가는 마음속에 있는 것을 꼭 이루어 주실 것이다.

그냥 피어 있는 꽃은 없습니다

장애는
희망을
꺾지 못한다

 책을 읽어 주기 위해 내가 찾아가곤 했던 이웃이 있었다. 그는 지붕을 수리하다가 미끄러져 아래로 떨어졌는데, 몸에서 가장 중요한 부위 중의 하나인 목뼈(경추)를 다치고 말았다. 그런데 수술이 잘못되어 꼼짝도 못하고 누워 지내는 신세가 되고 말았다. 내가 책을 읽어 주고 있는데 통증이 찾아왔는지 그의 얼굴이 일그러지기 시작했고, 마침내 참지 못하고 신음을 했다.

 "좀 어떠세요? 통증이 매우 심하신가 봐요." 나는 뭐라고 위안을 해야 할지 안타깝기만 했다.

 "정말 이제는 못 견디겠어요. 이런 고통을 받느니 차라리 죽어버

조르주 피에르 쇠라

기묘한 춤
Le Chahut

1889~1890년
유화 캔버스에 유채
140.5×171.5cm
크뢸러 뮐러 미술관 소장

리는 편이 낫다는 생각이 듭니다."

간신히 말을 잇는 그의 눈에서 눈물 한 줄기가 흘러내렸다. 얼마나 고통스러우면 저런 말을 할까라는 생각이 들면서 나는 가슴이 내려앉는 느낌이었다.

내가 통역을 해주기 위해 만났던 사람이 있었다. 그는 택시운전사였는데 안개가 짙게 끼고 비가 내리던 날 과속으로 달리다 중앙선을 넘어오는 트럭과 부딪혀 대형 교통사고를 당했다. 다른 사람의 말에 의하면 차가 마치 장난감처럼 몇 바퀴를 굴렀다고 한다. 그는 턱의 관절을 심하게 다쳤고, 이빨을 모두 잃었으며, 온몸의 상처로 큰 수술을 받았다. 겨우 목숨은 건졌지만 병원에 있는 동안 이가 없어 음식을 씹지 못해 모든 음식을 뭉개고 짓이겨 물과 함께 목에 삼켜 넣는 고통을 겪어야 했다. 수술 후에도 극심한 후유증으로 하루에 서너 개의 독한 진통제를 매일 먹어야 하는 생활을 해오고 있었다.

내가 친구가 되어 주었던 친구의 어머니가 있다. 그는 이민생활을 처음 시작했을 때 거의 굶다시피 하고 몸을 혹사한 탓에 영양부족으로 인한 당뇨에 걸렸고, 그 때문에 눈이 멀게 되었다. 친구의 어머니는 지나가는 사람의 형체만 알아볼 수 있을 뿐, 딸의 얼굴도 보이지 않는 자신의 처지를 몹시 슬퍼하셨다.

위의 세 가지 사례는 내가 만난 사람들의 일부에 불과하다. 그리고 불구가 된 사람은 물론 그 가족들은 얼마나 가슴이 아프고 힘들겠는가? 그들은 외출하는 것조차 마음 놓고 할 수 없다고 한다.

그러한 사람들을 위한 성언이 있다. 이는 보장된 약속이며 실현될 사실이다.

그때에 눈먼 사람들의 눈이 뜨이고, 귀먹은 사람들의 귀도 열릴 것이다. 그때에 저는 사람은 사슴처럼 올라가고, 말 못 하는 사람의 혀는 환성을 발할 것이다(이사야 35:5~6).

At that time the eyes of blind ones will be opened, and the very ears of the deaf ones will be unstopped. At that time the lame one will climb up just as a stag does, and the tongue of the speechless one will cry out in gladness.(Isaiah 35:5~6)

이러한 미래에 대한 약속을 읽으면 큰 위안을 받을 수 있을 것이다. 지금은 비록 눈이 보이지 않아 어둠 속에 살지만, 장래의 약속된 '때'가 되면 갑자기 사물들이 또렷이 보일 것이다. 얼마나 마음이 기쁘겠는가! 물론 과학 기술이 좀 더 발전하면 새로운 치료

법이 개발될 수도 있지만, 그보다도 가까운 장래에 관한 이사야의 놀라운 예언을 읽으면서 모두 좀 더 힘을 내기를 간절히 바란다.

그때에는 다음과 같이 더 이상의 고통이 없을 것이다.

그분은 그들의 눈에서 모든 눈물을 닦아 주실 것이다. 그리고 더 이상 죽음이 없고, 애통과 부르짖음과 고통도 더는 없을 것이다. 이전 것들이 다 사라져 버린 것이다(요한계시록 21:4).

and He will wipe out every tear from their eyes, and death will be no more, neither will mourning nor outcry nor pain be anymore, The former things have passed away.(revelation 21:4)

진통제도 더 이상 필요 없고, 아파서 부르짖던 신음 소리도 사라져 버릴 것이다. 우리가 고통으로 눈물을 흘리고 있을 때 누군가 다가와 흰 손수건으로 나의 눈물을 닦아 주었다고 상상해 보자. 손수건에서는 은은한 박하향이 풍겨 나오고, 그 사람의 따뜻한 동정심이 전해져 느낄 수 있다면 이 얼마나 위안과 기쁨이 되겠는가! 여기 그보다 더 멋있는 하늘의 아버지가 직접 눈물을 닦아 주신다는 약속이 있다.

비록 현재는 불완전한 신체로 삶이 고단하지만, 미래에 다가올 축복을 기대하며 현재의 고통을 잘 견디어 나가기를 진심으로 바란다.

그냥 피어 있는 꽃은 없습니다

매력적인 입술,
사랑스런 눈,
날씬한 몸매

나는 마트에 갔다가 눈이 이상하게 찌그러져 있고, 한쪽 볼도 부어있는 한 소녀와 마주치게 되었다. 보는 사람이 민망할 정도였다. 그런데 며칠 후에 같은 장소에서 또 그녀를 만나게 되었다.

"안녕하세요? 이사 오셨나 봐요?" 우리는 서로 인사를 나누었다.

며칠 후 또다시 그녀를 만났고 한동네에 사는 인연으로 그녀와 조금씩 이야기를 나누게 되었다. 조금 친해진 다음 나는 그간 궁금했던 것을 물어보았다.

"혹시 교통사고라도 당한 적이 있나 봐요."

그러자 그녀는 망설이는 눈치였다. 그러더니 조심스럽게 말을 꺼냈다.

"아녜요. 실은 성형 수술이 잘못 되는 바람에…… 의사를 잘못 만났는지……."

나는 마음속으로 '맙소사!'라고 외치며 끔찍하다는 생각이 들었다.

인간이 탄생한 이래 예뻐지고 싶은 것은 모든 여자, 아니 모든 인간의 본성이다.

남미 사람들과 친구가 된 적이 있었는데 그중 한 사람이 말해 주었다. "우리 남미 사람들은 엉덩이가 매우 뚱뚱하고 또 전체적으로 통통한 여자를 예쁜 여자로 칩니다."

그 순간 나는 '그럼 나는 절대 남미에 가면 안 되겠군'라고 생각했었다.

또 미얀마의 북부를 여행했을 때의 일이다. 목에 금목걸이를 하나둘 늘리면서 목을 길게 늘어나게 하는 어느 소수민족의 할머니를 만난 적이 있다. 나이가 들수록 금목걸이를 하나씩 늘리는 이유를 물어보자, 그 민족은 목이 길고 가늘수록 미인으로 대우받기 때문에 아름다워지기 위해서라고 한다.

그때도 나는 '그럼 나는 저 지역에는 절대로 가서 살지 말아야지'라고 생각했었다. 왜 목에다 저런 족쇄를 채우면서 불편하게 살아야 하는지 이해할 수 없었다.

우리 인간은 허황된 미의 기준을 세우고 아름다워지고 싶은 욕망에 허우적댄다. 그러나 성서에서는 다음과 같이 조언하고 있다.

여자들도 단정한 옷과 겸허와 건전한 정신으로 단장하기 바랍니다. 땋은 머리 모양과 금이나 진주나 아주 비싼 의복이 아니라 선행으로 단장하기 바랍니다(디모데전서 2:9~10 일부)

I desire the women to adorn themselves in well-arranged dress with modesty and soundness of mind, not with styles of hair braiding and gold or pearls or very expensive garb……. but with good works.(part of 1Timothy 2:9~10)

화려하고 비싼 목걸이가 아니라 겸허한 마음과 선행이 그 사람을 더욱 빛나게 할 수 있음을 가르쳐 주고 있다.

세기의 미녀로 꼽히는 영화배우 오드리 햅번Audrey Hepburn이 있다. 그녀가 1990년에 아프리카의 난민 아이들과 찍은 사진은 매우 인상 깊다. 그녀도 세월 앞에서는 어쩔 수 없는 듯 볼은 움푹 파이고 양쪽 입가에 주름이 가득했다. 그럼에도 그녀의 모습은 이십

대보다 더 아름답게 느껴졌다.

어떤 사람은 "정말 아름다운 오드리 햅번을 만난 것은 로마의 휴일에서가 아니라 아프리카에서였다"라고 표현했다. 바로 그녀의 선행이 주름진 얼굴도 아름답게 보이게 한 것이다.

오드리 햅번은 다음과 같은 명언을 남겼다.

"매력적인 입술을 가지려면 친절한 말을 하고,

사랑스런 눈을 가지려면 사람들 속에서 좋은 면을 보고,

날씬한 몸매를 가지려면 배고픈 사람들과 음식을 나누어라."

이 말은 세상 사람들에게 널리 전해졌다.

그래서 그녀는 죽어서까지 아름다운 사람으로 기억되고 있나보다.

그렇다면 다음의 성언은 현실적인 듯하다.

도리어 마음의 숨은 사람을 조용하고 온화한 영의 부패하지 않는 옷차림으로 하십시오. 이것이야말로 하나님의 눈앞에 큰 가치가 있습니다(베드로전서 3:4).

but let it be the secret person of the heart in the incorruptible apparel of the quiet and mild spirit, which is of the great value in the eyes of God.(1 Peter 3:4)

그냥 피어 있는 꽃은 없습니다

아름다움의 기준은 성형 수술로 우뚝 세운 코와 쌍꺼풀로 커다랗게 만든 눈이 아닌 온화한 내면에 있다. 성형 수술이 잘못되는 바람에 한동안 볼에 주먹만 한 혹을 달게 되어 재수술을 받아야 했던 여배우 맥라이언Meg Ryan이나 성형 수술을 너무 많이 하여 여권사진과 틀리다는 이유로 외국 입국을 거절당한 어느 아주머니의 사례를 보면 수술로 얼굴을 크게 고쳐 보겠다는 생각은 다시 한 번 고려해 보는 편이 좋을 듯하다.

어떤 사람은 처음의 인상은 별로이지만 성품이 좋아서 겪다 보면 오히려 아름답고 멋있게 보이는 사람이 있다. 반면, 처음에는 인상이 좋아서 좋게 생각했는데 나쁜 인간성을 경험한 뒤 처음 인상이 흐려져 버리는 사람이 있다. 더욱이 하나님의 눈에는 성품이 아름다워 보이는 사람이 가치가 있다고 한다.

이제 우리도 누구나 아름다워질 수 있다.

겸허함과 온화함으로 치장을 하면 말이다. 더욱이 그것은 비싼 돈을 들일 필요도 없다.

그렇다면 한번 같이 해 보는 것은 어떨지?

지친
영혼을 위한
날개

핀란드에서 온 한국인 임 씨를 처음 보았을 때, 그녀는 너무도 피곤해 보였다. 그녀의 어머니는 한국에서 중국의 만주로 독립운동을 하는 아버지를 따라 건너갔다고 한다. 그곳에 정착해 살다가 러시아로 압송되었고, 가혹한 스탈린의 소수민족 이주 정책에 따라 러시아 중부의 척박한 땅으로 강제 이주 당했다. 그녀는 그 무엇도 없는 벌판에서 어머니가 흙으로 움막을 짓는 것을 거들기도 했고, 어렸을 때부터 온갖 고생을 하며 자랐다. 성인이 되어서 통역 일을 할 때 알게 된 한 핀란드인과 결혼했는데, 남편은 어느 날 갓난아기인 아들을 데리고 집을 나갔다. 슬픔과 충격에 빠진

그냥 피어 있는 꽃은 없습니다

그녀는 꼭 돈을 벌어 아들을 되찾겠다고 결심하고 몸을 돌보지 않고 오직 일에만 몰두했다. 그 결과 몸과 마음이 모두 피폐되어 거의 쓰러지는 지경에 이르렀다.

의사는 그녀의 상태가 'Burn out(너무 열정적으로 일을 장기간 하여 에너지가 다 소모됨, 다 타버림)'이라고 그녀에게 말해 주었다. 집에서 쉬고 있던 임 씨는 이렇게 말했다.

"나는 마치 달리던 기차가 멈추어 버린 것 같았고 인생이 너무 허무했어요. 그리고 나 자신을 돌보지 않은 내 자신도 미웠고요. 정말 뭐라고 표현할 수가 없어요. 자신이 갑자기 텅 비고 초라한 느낌이 드는 거죠."

육체적인 무기력이 있는가 하면 정신적인 무기력이 있는데, 정신적인 무기력이 더 위험할 수 있다. 하는 일마다 실패하여 "정말 이제 지쳤다"라고 말하며 자신에게는 더 이상 도전할 힘이 남아 있지 않다고 넋두리를 늘어놓던 차 모 씨. 그리고 생활고에 시달리다 못해 "지칠 대로 지쳤다"고 눈물을 흘리던 김 모 주부. 만약 이런 일들이 우리에게도 일어난다면 어떠할까?

만약 우리도 이러한 상황에 처한다면 계속 무기력에 빠져 있어서는 안 된다. 만약 그러한 상황에 처한다면 다음의 성언을 떠올려 보라.

하나님은 피곤하거나 지치지 않으신다. 그분의 이해는 찾아낼 길이 없다. 그분은 피곤한 자에게 능력을 주시며, 활력이 없는 자에게 온전한 위력이 넘치게 하신다. 소년이라도 피곤하고 지치며, 청년이라도 틀림없이 걸려 넘어지겠지만, 여호와 하나님께 희망을 두는 사람들은 능력을 되찾을 것이다. 그들은 독수리처럼 날개 치며 솟아오를 것이다. 그들은 달려가도 지치지 않고, 걸어가도 피곤하지 않을 것이다(이사야 40:28 후반부~31)

He does not tire out or grow weary. There is no searching out of his understanding. He is giving to the tired one power; and to the one without dynamic energy he makes full might abound. Boys will both tire out and grow weary, and young men themselves will without fail stumble, but those who are hoping in Jehovah will regain power. They will mount up with wings like eagles. They will run and not grow weary, they will walk and not tired out.(Isaiah 40:28 part~31)

❦

독수리처럼 날갯짓하며 날아오를 것이라고 성언은 말하고 있다. 먹잇감을 보면 몇십 번이라도 다시 날아오른다는 힘의 상징인 독수리는 날개를 일직선으로 뻗은 그대로 상승기류를 이용해 5,000미터의 높이까지 날 수 있다고 한다.

우리도 한번 독수리가 되어 보자!

위의 성언은 육체적으로나 정신적으로 무기력에 빠져 있다고 느끼는 모든 사람을 위한 것이다. 지친 영혼에 날개를 달아 보자!

그냥 피어 있는 꽃은 없습니다

강력한 우주의 힘의 근원이신 하나님께서 그 힘의 일부를 우리에게 주신다는 약속이다. 육체적인 힘뿐 아니라 강한 정신력을 주시는 것이다. 성언에 겨자씨만 한 믿음이 있다면, 아니 그 이상의 믿음을 나타낸다면 우리는 다음과 같이 외칠 수 있을 것이다.

내게 능력 주시는 분으로 말미암아 내게는 모든 일을 할 힘이 있습니다(빌립보서 4:13).

For all things I have the strength by virtue of him who imparts power to me.(Philippians 4:13)

시련 속에서
얻는
블루 다이아몬드

어느 누구에게나 시련은 닥치게 마련이다. 이것은 자신의 노력과 상관없이 뜻하지 않게 생기는 사고와도 비슷하다. 예를 들면, 미국의 가수 카일Kyle 씨는 시대를 풍미했던 오페라 가수였으나 교통사고를 당한 후 어느 순간 목소리를 잃었다.

또 다른 사례로 A씨를 보자. 이탈리아 농가에서 태어난 그는 원래 시력이 좋지 않았다. 그래도 일찌감치 피아노를 배우고 교회 성가대에 섰으나 열두 살 때 축구를 하다가 사고로 완전히 실명하고 말았다.

그냥 피어 있는 꽃은 없습니다

한번 상상해 보라. 만약 당신이 위와 같은 시련을 겪게 된다면 당신은 어떻게 행동할 것인가?

'쓰러질 때까지 울고 또 운 다음 친구들에게 하소연을 한다.'

'도저히 믿기지 않은 일이 일어났기에 "왜 나에게 이런 일이?"라고 세상을 원망한다.'

여러 가지 반응이 머릿속에 떠오를 것이다. 그런데 다음과 같은 성언이 있다.

여러분이 여러 가지 시련을 만날 때에, 그것을 온전히 기쁘게 여기십시오(야고보서 1:2).

Consider it all joy, my brothers, when you meet with various trials.(James 1:2)

이 성언을 만났을 때 사실 나도 의심의 마음을 품었다. '놀라지 마십시오' 혹은 '너무 슬퍼하지 마십시오'가 아니라 기뻐하라니. 시련을 만나 기쁘다는 것이 가능한가? 그런데 그다음에서 이유를 설명해 준다.

이 시험받은 질의 믿음이 인내를 가져온다는 것을 여러분이

알고 있기 때문입니다. 그러나 인내가 그 일을 온전히 이루게
하십시오. 그러면 여러분이 온전해지고 모든 일에서 건전해져
서 아무것도 부족함이 없게 될 것입니다(야고보서 1:3~4).

knowing as you do that this tested quality of your faith works out
endurance. But let endurance have its work complete, that you may be
complete and sound in all respects, not lacking anything.(James 1:3~4)

이 성언처럼 시련을 받음으로써 인내가 생겨나고, 그 후에 시련
이 닥치면 그것을 인내할 수 있는 능력과 지혜가 부족함이 없는 사
람이 되는 것이다.

다시 앞에서 언급했던 목소리를 잃은 카일 씨의 경우로 돌아가
자. 그는 직업이 가수였고 목소리를 잃어 실의에 빠졌지만 꿈을 절
대 포기하지 않고 시련을 극복해 냈다. 12년이 지난 어느 날, 그는
거의 기적적으로 목소리를 회복했고 'America got talent'(미국 재
능 경연 대회)에 출전했다. 그는 사람들의 시선을 받고 자신의 생애
만큼이나 드라마틱한 노래 〈Impossible dream〉을 불러 많은 사
람을 감동시켰다.

To dream the impossible dream(이룰 수 없는 꿈을 꾸는 것)이라
고 시작되는 가사에는

To fight the unbeatable foe 이길 수 없는 적과 싸우는 것

조르주 피에르 쇠라

쿠르브부아의 센 강
Die Seine bei Courbevoie

1885년
유화 캔버스에 유채
65×81cm
카생-시냑 미술관 소장

To bear with unbearable sorrow 견딜 수 없는 슬픔을 견디는 것

To run where the brave dare not 용기 있는 사람도 두려워하는 곳을 달려가는 것

To try when your arms are too weary 지쳤을 때 시도하는 것

To reach the unreachable star 닿을 수 없는 별에 손을 뻗는 것이라는 내용이 있다.

그는 많은 사람의 눈시울을 적시면서 다시 오페라 가수로 복귀했고, 지금은 너무나도 당당하게 무대에 서고 있다.

다음으로 A씨의 경우를 보자. 그는 완전히 시력을 잃고도 좌절하지 않았다. "시력을 잃고 두려움과 절망의 눈물을 흘린 것은 꼭 한 시간뿐이었다"라고 말했다.

일주일 만에 마음을 진정시킨 그는 노력 끝에 법학박사가 되었다. 잠시 변호사로 활동하던 그는 자신의 재능을 발견하고 어렸을 때의 꿈이었던 노래를 부르기로 마음먹었다.

야간업소에서 피아노를 치며 번 돈으로 테너 코렐리Corelli에게 레슨을 받고, 1994년 산레모 가요제에서 우승했다. 그 후 1996년 가수 사라 브라이트만Sarah Brightman과 부른 〈안녕이라 말해야 할 시간Time to say goodbye〉이 공전의 히트를 하면서 세계적인 스타

로 발돋움했다.

그는 바로 그 유명한 장님 오페라 가수 안드레아 보첼리Andrea Bocelli이다.

카일과 안드레아 보첼리 모두 커다란 시련에 부닥쳤지만, 그들은 그것을 인내함으로써 성언처럼 나중에는 진정한 기쁨을 맛보게 된 경우이다. 이들은 실로 아픈 만큼 성숙해진 것이다.

지금 인생 최대의 시련을 겪고 있는 사람들에게 다음의 성언을 드리고자 한다.

> 그러나 여러분이 잠시 고난을 당한 후에, 과분한 친절의 하나님께서 친히 여러분의 훈련을 끝내시고, 여러분을 굳건하게 하시고, 여러분을 강하게 하실 것입니다(베드로전서 5:10).
>
> But after you have suffered a little while, the God of all undeserved kindness will himself finish your training, he will make you firm, he will make you strong.(1 Peter 5:10)

시련은 우리를 더욱 강하게 한다. (참고로 그 시련은 하나님에게서 나오는 것이 아니다. 하나님은 악한 일로 시련을 받으실 수도 없고 그분 자신이 아무에게도 시련을 주시지 않는다(야고보서 1:13)라고 명확하게 밝히고 있다.)

세계 최대의 '블루 다이아몬드'(일명 희망 다이아몬드)가 워싱턴 박물관에 전시되어 있다. 이것은 결점과 흠이 거의 없고 색깔의 맑기가 최상급이라고 한다. 하찮은 탄소 덩어리가 지구의 엄청난 고온의 압력을 견뎌야만 비로소 아름다운 다이아몬드가 되듯이 당신도 시련을 견뎌내고 빛나고 고귀한 블루 희망 다이아몬드가 되기를 바란다.

그냥 피어 있는 꽃은 없습니다

걱정거리를 내맡기는 연습

어느 마을에 사는 한 노인은 햇빛이 쨍쨍하자 얼굴에 근심이 가득했다. 그 이유를 묻자 한 아들이 우산 장사를 한다는 것이다. 그런데 그다음 날 비가 많이 내리자 노인은 또 걱정을 하기 시작한다. 그 이유를 물으니 다른 아들은 양산을 만들어 파는데 비가 오니 걱정이라고 말했다.

모두 한 번쯤 들어 본 이야기일 것이다. 그런데 이것이 현대를 살아가는 우리의 모습은 아닐까?

현대인들은 물질문명이 최고로 발달한 시대에 살고 있지만 걱정이 끊이지 않는다. 새로운 스마트폰을 사면서 또 다른 신모델이 곧

나오면 어쩌나 하는 걱정, 계속 기계화가 진행되면서 이제 기계로 입출금에 송금까지 되니 은행원이 점점 필요가 없어지면 자신의 일거리도 없어질 것이라는 걱정, 우리 아이는 학원을 두 군데밖에 안 보내는데 다른 아이들보다 조기교육에서 뒤처지는 것은 아닌지 등등. 걱정에 걱정이 꼬리를 문다.

한 연구 조사에 따르면, 사람들이 걱정하는 것의 70퍼센트 이상이 아직 일어나지도 않은 일이다. 이처럼 걱정으로 인해 불안해하며 잠을 이루지 못하는 사람들을 위한 좋은 성언이 하나 있다.

아무것도 염려하지 말고, 모든 일에 감사와 더불어 기도와 간구로 여러분의 청원을 하나님께 알리십시오. 그러면 모든 생각을 능가하는 하나님의 평화가 그리스도 예수를 통하여 여러분의 마음과 정신력을 지켜 줄 것입니다(빌립보서 4:6~7).

그냥 피어 있는 꽃은 없습니다

Do not be anxious over anything, but in everything by prayer and supplication along with thanksgiving let your petitions be made known to God; and the peace of God that excels all thought will guard your hearts and your mental powers by means of Christ Jesus.(Philippians 4:6~7)

'아무것도'라는 표현을 유의해서 보자. '아무것도'에는 조그만, 어떠한, 사소한 걱정도 하지 말아야 한다는 의미가 담겨 있다.

사실 처음에는 감사와 간구로 기도한다는 것이 잘 되지 않는다. 그러나 이것도 연습하다 보면 어느 순간 놀랍게도 걱정하는 것이 아니라 누군가에게 걱정을 털어놓고 있는 자신을 발견할 것이다.

어떤 사람이 그 성언을 배운 대로 적용해 보았다고 한다. 자신이 걱정하고 있는 바를 모두 털어놓고 그 걱정거리를 펼쳐진 보따리에 넣고 싸서 던지는 상상을 하며 마음을 가볍게 먹도록 노력했다는 것이다. 10년 후에 자신이 하나님께 털어놓은 그 걱정의 목록을 그는 수첩에서 우연히 다시 보게 되었다.

'아니 뭐 이렇게 쓸데없는 걱정을 하고 있었지?' 하는 생각과 함께 그 걱정은 이제는 자신의 기억에서조차 사라졌다는 사실을 발견하고 놀랐다고 한다. 우리도 이 성언을 실천하기만 한다면 걱정이 모두 사라지고 없을 수도 있다. 아무것도 아닌 일이 될 수 있다는 말이다.

너의 무거운 짐을 여호와 그분에게 내맡겨라. 그러면 그분이
너를 붙들어 주시리니(시편 55:22).

Throw your burden upon Jehovah himself. And he himself will sustain
you.(Psalm 55:22)

⚜

이 성언과 같이 걱정거리를 모두 내맡기는 연습을 해 보자.

당신에게도 이 순간 모든 것을 능가하는 평화가 찾아들기를 간
절히 바라면서.

그냥 피어 있는 꽃은 없습니다

늙어가는 외모,
젊어지는 내면

한 유명 여배우가 인터뷰에서 자기 심정을 솔직하게 고백했다.

"어느 날 아침 거울을 보는데 이것이 바로 늙어 간다는 거구나 하고 느꼈어요. 두려웠죠."

언제 생겼는지도 모르는 또 하나의 주름을 발견했을 때 기분이 유쾌한 사람은 없을 것이다. 심지어 '왜 이렇게 추하게 변해 가는 건가?' 하는 생각마저 든다.

인류의 조상인 아담과 이브가 하나님께 반역을 함으로써 얻은 대가는 불완전성과 죽음이었다.

"그러므로 한 사람을 통하여 죄가 세상에 들어오고 죄를 통하여 죽음이 들어왔으며, 죽음이 모든 사람에게 퍼졌다"(로마서 5:12).

그래서 우리는 서서히 늙어가는 것이다. 그런데 늙어 가는 것을 서럽다고 생각하면 우울해지기만 할 뿐이다. 다음의 성언을 한번 살펴보자.

> 백발은 의의 길에 있을 때에 아름다운 면류관이다(잠언 16:31).
>
> Grey-headedness is a crown of beauty when it is found in the way of righteousness.(proverb 16:31)

어떻게 백발이 아름다운 보석의 면류관이 될 수 있을까? 나이든 어른들의 지혜를 들어 본 적이 있다면 이 성언이 이해가 될 것이다. 그들의 풍부한 인생 경험에서 나온 조언은 크나큰 가치를 지닌다. 예를 들면, 우리가 무언가를 선택해야 하는데 경험이 부족할 때 할머니의 한 마디 말에 무릎을 탁 치게 되는 경험을 한 적이 있지 않은가?

인생의 연륜은 그냥 얻어지는 것이 아니다. 그들의 인내와 노고가 있었기에 오늘날의 우리가 있을 수 있는 것이다. 설사 우리는 잊어버렸다 해도 그들의 업적을 반드시 기억해 주시는 분이 계시다는 다음과 같은 보증이 있다.

> 하나님께서는 불의하지 않으시므로, 여러분이 나타낸 일과 사랑을 잊지 않으십니다(히브리서 6:10).
>
> For God is not unrighteous so as to forget your work and the love you showed.(Hebrews 6:10)

이 성언을 들으면 이제 늙어 간다는 것이 그렇게 서럽지만은 않지 않은가? 특히 젊은 시절에 무언가 이루어 놓은 업적이나 하나님에 대한 그리고 다른 사람들에 대한 사랑을 그분은 기억해 주신다는 보증이 위로가 되지 않는가?

또한 여든이 되어 얼굴에는 주름이 가득하지만 늘 배우고 무언가 도전하는 정신을 지닌다면 내면은 계속 젊음을 유지한다는 다음과 같은 성언이 있다.

> 그러므로 우리는 포기하지 않습니다. 우리의 겉 사람은 쇠약해지고 있을지라도, 확실히 우리의 속사람은 날마다 새로워지고 있습니다(고린도후서 4:16).

Therefore we do not give up, but even if the man we are outside is wasting away, certainly the man we are inside is being renewed from day to day.(2 Corinthians 4:16)

어떤 난관이 닥치더라도 결코 포기하지 말라. 여든의 나이에 외국어 공부에 도전하고, 높은 산의 등반에 도전하는 아름다운 이야기들을 만나게 된다. 여든이 되어도 '나는 청춘이다'라는 마음가짐으로 산다면 우리 인생은 여름(인생의 여름)을 다시 맞게 될 것이다.

계속 그러한 삶을 산다면 "그의 살을 어린 시절보다도 더 새로워지게 하고 그를 젊음의 활기가 넘치는 날로 돌아가게 하리라"(욥기 33:25)는 성언을 실제로 경험하게 되는 미래가 반드시 올 것이다.

자살, 사랑을 찾다

자살은 우리가 선택할 수 있는 가장 극단적인 선택이다. 물론 여러 가지 시련이 한꺼번에 닥쳐 그것이 유일한 탈출구로 생각될 수도 있을 것이다. 그러나 절망의 순간에 다음의 경험담을 떠올려 보라.

부끄러운 고백이지만 미국에서 살 때 나는 경찰 앞에서 자살하고 싶다는 말을 하여 병원에 입원한 적이 있다. (그 이유는 이 책의 다른 일화에 나와 있다.)

어느 날 '켈시'라는 할머니가 자살을 시도하다가 이웃에게 발견되어 정신 병원에 보내졌다. 켈시 할머니에게 "왜 그런 생각을 하셨나요?"라고 물었더니 병에 걸렸는데 치료를 받으며 살아가는 것이 몹시 귀찮을 거라는 생각이 들었다고 말씀하셨다. 어느 날 나는 그분을 위로하고자 다음과 같은 말씀을 드렸다.

"눈을 감고 한번 상상해 보세요. 아름다운 음악이 흐르고 아름다운 꽃들과 새소리 그리고 가까이서는 아름다운 폭포까지 보이네요. 그 속에 계시는 할머니를 한번 상상해 보세요. 어때요? 너무 근사하지요?"

그런데 켈시 할머니 눈에 눈물이 그렁그렁 맺히더니 눈물을 마구 쏟아내는 것이었다. 나는 당황하여 '혹시 내 말이 너무 감동적이었나, 아니면 무슨 아름다운 정원에서 나쁜 기억이 있으셨나?'라고 생각했다.

그런데 할머니가 이렇게 말씀하셨다. "내가 암이 있나보군요. 죽을병에 걸린 거죠? 의사가 곧 내가 죽을 것이라 했죠?" 그러더니 계속해서 우시는 것이었다.

나는 단순히 아름다운 정원을 상상하게 해서 위로를 드리려고 한 것이었다. 그런데 할머니는 그것이 사후세계를 묘사한 것으로 생각되어 내가 이미 할머니의 죽음에 대해 의사선생님에게 들었을 것이라고 짐작하고 울음을 터뜨리신 것이다. 자살을 생각하고 있었지만 막상 죽음이 다가온다고 하자 절망하신 것이다.

그냥 피어 있는 꽃은 없습니다

인간의 내면에는 영원히 살고 싶어 하는 욕망이 있다.

그들의 마음에 한정없는 시간을 넣어 두시어(전도서 3:11).
Even time indefinite he has put in their heart.(Ecclesiastes 3:11)

이 성언과 같이 하나님은 영원히 미래를 계획하는 마음을 인간의 본성에 넣어 두셨다. 그래서 우리는 항상 일 년 뒤 혹은 십 년 뒤의 일을 계획한다. "죽고 싶다"라고 수없이 말하지만, 막상 노상 강도가 칼을 목에 들이대면 곧바로 목숨만 살려 달라고 매달리는 것이 바로 영원히 살고자 하는 우리 인간의 본능이다.

두 번째 사례도 병원에서 만난 한 여인의 이야기다.
내가 머문 병실에는 룸메이트가 있었는데, 며칠 동안 잠만 자고 일어나지를 않았다. 의사들은 하루에도 몇 번씩 방문하여 그러한 그녀의 상태를 수시로 체크했다. 알고 보니 그녀는 자살하려고 가위를 삼켰으나 주위에서 발견하여 병원으로 데려와 대수술을 한 상태였다. 그녀는 며칠이 지나 깨어났는데 나에게 말을 전혀 하지 않았다. 그러다가 내가 밥을 잘 먹지 않는 그녀를 위해 간식거리를 몰래 숨겨 가져왔더니 비로소 말을 하기 시작했다. 내가 (나도 죽을 생각을 했으면서) 아기까지 있으면서 어떻게 이런 끔찍한 일을 저

조르주 피에르 쇠라

쿠르브부아의 다리
Le Pont de Courbevoie

1886~1887년
유화 캔버스에 유채
53.3×46.4cm
코톨드 미술관 소장

질렀냐고 묻자, 자신의 인생이 죄로 가득 찼고 하루하루 일을 하며 사는 것이 지겹다고 대답했다. 그래서 내가 물었다.

"뭐 하면서 살아가는데요?"

"응 나……." 그녀는 잠시 머뭇거리다가 말했다.

"매춘부."

나는 갑자기 할 말을 잃었다. 그리고 한참 할 말을 찾지 못하다가 다시 용기를 내어 말했다.

"그래요? 그렇게 지겨우면 다른 일을 하면 되지 않아요?"

"글쎄 그게 힘들었지. 내 남편이 포주거든."

나는 더욱 할 말을 잊고 말았다. 어떤 위로의 말이나 다른 말을 찾지 못하고 그냥 그날을 보내야 했다. 그런데 다음 날 그녀가 더기가 막힌 말을 했다. 열여덟 살이 되었을 때 그녀는 강간을 당하고 말았다. 그 아픈 기억을 진정시키고 자신의 첫사랑이라 믿었던 사람과 같이 살게 되었는데 이 나쁜 남자가 생활비를 벌어오라며 그녀를 매춘부로 만든 것이다. 나는 그녀에 대한 동정심을 억누를 수가 없어서 그녀의 어깨를 꼭 안아 주었다.

그다음 날 그녀는 드디어 울음을 터뜨렸다. 자신이 강간을 당한 것도 자신이 운이 없었던 것이고, 이제는 그렇게 시작된 삶이 매춘부로 살 수밖에 없게 된 것이 아니냐고 말하며 하염없이 눈물을 흘렸다. 내가 아무리 달래려고 해도 소용없었는데 그때 우리의 대화를 엿듣게 된 간호사가 방에 들어왔다.

"샐리(룸메이트인 그녀의 이름), 그래 많이 울어 버려요."

간호사는 그녀가 한참 울도록 내버려 두었다. 한참이 지나고 샐리가 조금 진정이 되자 간호사는 놀라운 경험담을 말해 주었다

"샐리, 나도 그렇게 생각했죠. 나도 강간을 당하고 아기까지 생겼는데 다른 사람들이 전부 나를 손가락질 하더군요, 17살에 애나 밴 여자라고 말이죠. 그래서 나도 몹시 우울했었고 죽으려고까지 생각했었죠. 강간당해서 낳은 아기를 먼저 죽이고 나를 죽인다는 생각을 하고 있었는데 용기가 나지를 않았어요. 그러던 어느 날 선생님께 사실을 고백했는데 선생님께서 의외로 동정심을 보이시며 이렇게 말씀하셨죠. '나타샤 그건(강간당한 것) 네 잘못이 아니야'라고 하셨어요. 그 말은 나의 인생을 바꾸어 놓았어요. 그때까지 나는 더러운 여자에다 미혼모였고 '강간당한 사실이 내 잘못인가!'라는 생각으로 밤잠을 자지 못 하고 있었는데 그 한마디가 내 인생을 바꾸어 놓았어요."

그리고 나타샤는 아기를 낳아서 키우며 간호사 공부를 하여 지금의 병원에서 근무하게 된 것이다. 나타샤의 말을 듣고 하염없이 눈물을 흘리던 샐리도 울음을 그쳤다. 간호사 나타샤의 용감한 고백과 감동적인 말은 뇌리를 스친다.

"우울한가? 너의 잘못이 아니야."(그리고 실제로 이 증세는 우리 잘못

이 아니다.)

다음 날부터 샐리는 놀랍도록 변해 갔다. 입에도 대지 않던 식사를 하기 시작했을 뿐만 아니라 아기를 데리고 남편에게서 도망쳐 나와야겠다는 계획까지 나에게 말해 주었다.

그런 그녀에게 내가 좋아하는 성언 "사랑은 모든 것을 인내하고 친절합니다"라고 시작되는 〈고린도전서〉 13장을 읊어 주었다. 그러자 그녀는 눈물을 글썽거리며 두 손을 모았다.

드디어 샐리가 퇴원하는 날, 그녀는 오랜만에 얼굴에 화장을 하고 내가 해 주었던 것처럼 나의 어깨를 꼭 안아 주었다. 나는 지금도 그녀의 모습을 잊을 수가 없다. 그날의 마지막 모습을. 분을 바른 고운 얼굴과 밖의 세상에 나가 다시 시작하겠다는 희망의 눈빛을 말이다.

"안녕 잘 가세요, 나의 친구."

그때 우리는 서로 위로의 친구가 되었다는 것을 알았다. (눈물이 나는 순간이었다.)

다음은 세 번째 실화다.

어머니가 아시는 지인 한 분은 남쪽으로 피난을 왔는데 하는 일이 잘 풀리지 않아 가지고 있던 재산을 탕진하고 가구를 하나둘씩 팔아 생활을 연명했다. 나중에는 팔 물건도 없는 가운데 먹을 것이 떨어져 굶은 지 며칠째 되는 날 멍하니 앉아 있다가 마침내 바닥에 쓰러져 버렸다. 그는 그 순간 자살을 결심했다. 그런데 그때였다. 팔리지 않았던 마지막 남은 낡은 라디오에서 아름다운 모차르트 음악이 흘러나왔다. 그는 음악이 너무 아름다워서 눈물을 흘렸고 '한없는 감동을 주는 음악 때문에 죽을 수 없다'라는 생각을 했다. 그는 자신이 얼마나 음악을 사랑했는지 그리고 삶을 사랑했는지를 생각해 내고는 다시 일어나 열심히 살아갔다. 지금 그는 음악 학교의 교장이 되어 있다.

이 세 가지 실화는 우리에게 시사하는 바가 많다. 나는 두 번째 실화의 아름다운 샐리가 자신이 몸에 넣은 가위 때문에 수술 후에도 큰 고통을 겪는 것을 보고 자살을 실행한다는 것이 얼마나 무서운 일인가 하는 점을 깨달았다. 그 밖에도 높은 곳에서 강물에 뛰어내렸다가 수압에 상처를 입어 고통을 받는 사람도 목격했다. 그는 이렇게 말했다. "뛰어내리는 순간에 '어 이건 아닌데' 하는 생각이 들었어요."

그냥 피어 있는 꽃은 없습니다

극단적인 선택을 실행에 옮기기 전에 자신이 사랑했던 것들을 생각해 보자. 위의 경우처럼 사랑했던 것뿐만 아니라 사랑하는 사람들, 내가 없어지면 크게 상처받고 살아갈 사람들, 너무나 소중했던 추억들, 나를 사랑해준 사람들 등등.

다음과 같은 유명한 성언이 있다.

사랑은 죽음만큼이나 강하다(아가 8:6의 중반부).

Because love is as strong as death is.(middle part of the song of solomon 8:6)

✦

살아오면서 우리가 진정으로 사랑했던 것, 사랑했던 삶의 목표, 사랑했던 사람들을 다시 한 번만 생각한다면 의미 없는 죽음을 피할 수 있지 않을까?

그러므로 우리의 사랑은 계속되어야 한다. 부디 사랑이 승리하는 삶을 택하기를.

억울함,
삶의 지혜를 배우다

　사업을 하는 척하며 아버지에게 접근했던 두 사람이 있다. 아버지에게 자신들이 하는 무역업이 잘 되어 가고 있다고 말하며 급하게 확장을 하는 데 큰돈이 필요해서 빌려 주면 꼭 보답하겠다며 매달렸다. 아버지는 그 말에 설득당해 나와 어머니를 설득했다. 나는 다른 이유보다도 딱한 그 사람들에게 동정이 가고 도와주고 싶다는 생각이 들어 제안에 동의했다. 아버지도 사업을 할 때 늘 자금이 부족했던 것을 생각한 것이다.

　그런데 이 사람들은 반년이 지나도 원금조차 갚겠다는 소식도 없었다. 알고 보니 그 사람들은 사업을 하고 있었던 것이 아니다.

가짜로 사무실을 빌리고 무역업을 잘 하고 있는 것처럼 꾸민 것이었다. 결국 우리는 사기를 당했다. 금액은 1억 5,000만 원이었다. 이것은 내가 대학을 졸업한 후 주한 모대사관 등을 다니면서 몇 년 동안 허리띠를 졸라 매고 모은 내 전 재산이었다. 그래서 나는 그 둘 중의 한 사람 집에 동생과 함께 찾아갔다. 그 사람은 없고 그의 부모가 있어 우리는 공손히 무릎을 꿇고 앉아 "따님을 만나고 싶다"고 말하자 그녀는 여기서 살지 않는다고 거짓말을 했다. 그녀의 딸인 아기가 방 안에 있고, 그녀의 코트가 걸려 있는 것이 보이는데도 말이다. 그래서 무릎을 꿇고 계속 기다렸는데, 밤중이 되자 이 사기꾼의 부모의 태도가 돌변했다. 갑자기 우리를 깔아뭉개더니 마구 때리기 시작했다. 너무 놀라고 아파서 비명이 터져 나왔다. 우리는 마구 때리는 그 사람들 때문에 머리카락이 엉키고 온몸이 몹시 아팠다. 그런데 아침이 되자 자신들이 돈을 돌려줄 테니 손녀인 그 사기꾼의 딸(6살짜리)과 같이 은행을 찾아가 보라는 것이었다. 나와 동생은 순진하게도 그 말을 그대로 믿었다.

나와 그 손녀가 밖으로 나온 사이에 사기꾼의 부모가 우리를 납치범으로 고발하여 경찰이 출동했고 우리는 경찰서에 끌려가고 말았다. 놀랍고 억울한 마음에 변명을 하려고 했다.

"이 사람들이 사기를 쳤어요. 그리고 저는 아이를 납치한 게 아닙니다."

그런데 그 사기꾼의 부모는 갑자기 이런 말을 던졌다.

"내가 김 모 국회위원을 잘 알지요."

그러자 놀랍게도 경찰의 태도가 순식간에 바뀌었다. 그 사기꾼의 부모에게 매우 공손하게 대하며 우리에게 윽박을 지르기 시작했다. 그러면서 다음과 같이 말했다.

"사기도 재주가 있어서 치는 것이지. 보통사람들은 그렇게 하지도 못해. 그리고 돈 가져갔으면 가져갔지 왜 이 사람들 집을 침입해? 허락도 없이. 게다가 당신은 아이 유괴범이 될 뻔했다는 거 알아?"

나는 '기가 막히다'라는 표현을 이때 만큼 절감한 적이 없다.

며칠 후 우리는 뜻밖에 형사고소장을 받았다. 나와 동생이 찾아갔던 그날 저녁, 그 사기꾼의 어머니가 나와 동생을 바닥에 깔아뭉개고 있을 때 그 사기꾼의 아버지는 송곳 등으로 자신의 몸에 자해를 한 후 병원에서 진단서를 받아내 도리어 우리를 폭행죄로 고소한 것이다. 법정에 갔을 때 힘없는 노인인 양 앉아 있는 사기꾼의 두 부모를 보았다. 이 사건으로 12년 전에 법정 벌금 100만 원을 물어야 했다. 우리는 마지막 비상금 500만 원까지 사기당하고 거기에 빚까지 지는 바람에 그만한 돈도 낼 수 없는 처지였다.

우리는 몹시 억울했지만 호소할 곳도 없었다. (어머니와 나는 순간적이었으나 자살을 결심했고, 나는 그 와중에 살아남아 있을 여동생과 아버지의 앞날을 위해 생명보험을 들었다.)

나중에 집행유예로 벌금은 면제되었지만, 그 충격은 오래 지속되었다.

내 경우처럼 남에게 말할 수 없을 정도로 억울한 일을 당한 사람이 많이 있을 것이다. 더욱이 진실을 목격한 증인도 없을 때에는 상대방이 죄를 지었음에도 불구하고 오히려 피해를 당한 쪽이 죄를 뒤집어쓰는 경우까지 발생한다. 이렇게 억울한 일을 당한 모든 사람을 위한 성언이 있다.

우리가 진리에서 나온 줄을 알게 되고, 또 우리 마음이 그분 앞에서 안심할 수 있습니다. 하나님은 우리 마음보다 크시고 모든 것을 아십니다(요한일서 3:19~20).

By this we shall know that we originate with the truth, and we shall

증인이 한 명도 없다고 생각했으나 사실 모든 것을 보고 계신 이가 있고, 그는 모든 것을 이해하고 있다는 것은 얼마나 큰 위안이 되는가! 그분은 행위대로 갚아 주실 것이다. 진실한 사람은 현재는 너무나 억울하겠지만, 그분은 진실함대로 보상을 해 주실 것이다. 또한 악한 사람에게는 그 행동에 대한 값을 언젠가 치르게 하실 것이다. 나는 그 억울했던 일이 생각나면 자다가도 잠을 깬 적도 있었다. 그러나 한 가지 소중한 것을 얻었다. 이 세상에는 남에게 이용을 당하고 피해를 당해 억울한 감정을 갖게 되는 사람이 많다는 사실을 알게 되었고, 그들의 심정과 아픔을 진정 헤아리게 되었다. (그 후 개인적으로는 여러 가지 아픔을 잊고 새 출발을 할 목적으로 희망을 품고 미국행을 선택했다.)

모든 것을 알고 계시는 하나님을 신뢰하면 그 억울함이 풀릴 날이 반드시 오리라 믿는다.

그냥 피어 있는 꽃은 없습니다

유혹은
유혹일 뿐이다

내가 알던 마음씨 좋은 아저씨가 계시다.

그는 개인적으로 경제적인 여유는 없었지만, 모두에게 친절하고 사람을 좋아했다. 정말 멋진 분이었다. 그를 보면서 '지금 하시는 사업은 저렇게 잘되는데 왜 경제적으로 힘들어 하는 걸까?'라는 의문을 가졌었다. 어느 날 그 원인을 알게 되었다. 젊은 시절 도박에 발을 잘못 들여놓는 바람에 빚을 크게 지어 10년째 그 빚을 갚고 있었던 것이다.

"그래도 다행이시네요. 이제는 완전히 끊으셨잖아요?" 내가 일부러 밝은 목소리로 말을 했다.

"글쎄 난 어떻게 빠져나왔는데 나를 단속하러 왔었던 내 아내가 그만 도박에 빠지더니 아직까지도 못 빠져 나오고 있지 뭐야."

그러면서 그는 도박의 유혹이 너무 컸다고 말했다.

다른 일화를 하나 이야기하면, 이 일화는 어느 날 한 통의 전화를 받은 데서 시작된다.

"거기 병원 아닌가요?"

"아니에요, 잘못 거신 거 같은데요." 나는 전화를 끊으려 했다.

그 순간 수화기에서 다급한 목소리가 들려왔다.

"저…… 저 좀 도와주십시오."

"네?"

"저는 심각한 알코올 중독에 빠지고 말았습니다. 지금도 나의 눈앞에 저 술병이 보이는 군요. 저 좀 제발 도와주십시오. 제가 술병에 손을 안 댈 수 있도록……."

전화기 너머의 사람의 말을 들으니 그는 술을 먹다가 코피를 흘리는 자신의 초라한 얼굴을 거울에서 보면서도 '내일도 계속 술을 마셔야지'라는 생각을 한다는 것이다. 그가 처음부터 이렇게 된 것은 아니었다.

그는 자신을 어느 회사의 임직원이라고 밝혔다. 그는 남들이 볼 때는 명예와 권위를 가진 한 회사의 고위 간부로, 아무도 자신이 알코올 중독자가 되었다는 사실을 알지 못한다고 했다.

"내 사랑하는 아내가 죽자 견딜 수가 없었어요."

그는 말을 맺지 못한 채 울기 시작했다. 나는 정말 뭐라고 위로를 해야 할지 정신이 멍한 채 수화기를 들고 있었다. 그는 처음에는 외로움과 슬픔을 달래기 위해 잠들기 전에 한두 잔씩 마시기 시작한 것이 점점 폭주로 이어졌고, 이제는 그 유혹에서 벗어나기 힘들어진 자신을 발견한 것이다.

당신도 온갖 유혹과 처절한 싸움을 하고 있는 사람들을 알고 있을 것이다. 살을 빼고 싶은데 폭식의 유혹, 금연을 하고 싶으나 담배가 어른거리는 유혹, 음란물을 보고 싶은 유혹, 심지어는 해서는 안 되는 '약'에 손대고 싶은 유혹도 있을 것이다. 도박에 손을 댔던 아저씨는 도박을 끊은 다음에도 유혹을 물리치기 힘들어 매우 고생했다고 고백했다. 모질게 마음먹고 끊었다고 생각했는데 어느새 다시 도박판에서 뭔가를 하고 있었고, 다시 끊었는데 몇 주도 안 되어 자신도 모르는 사이 도박장으로 향하는 차를 타고 있었다고 했다.

그런가 하면 먹을 것의 유혹과 전쟁을 벌이는 사람들은 맛있는 음식들의 유혹을 물리치기가 결코 쉽지 않다. 어느 의사가 환자에게 다음과 같이 충고했다고 한다.

조르주 피에르 쇠라

센 강에서 낚시하는 사람들
Fishing in The Seine

1883년
유화 캔버스에 유채
16×25cm
트루아 현대 미술관 소장

"당신이 즐기는 지방분이 많은 삼겹살 같은 고기는 현재 당신의 병에 좋지 않지요."

그러자 환자가 "난 차라리 먹다가 죽겠소"라는 말을 남기고 병원을 나갔다는 일화가 있다.

현재 유혹과 싸우고 있는 사람들을 위한 성언이 있다.

의로운 자는 일곱 번 쓰러져도 정녕 일어나겠다(잠언 24:16).

For the righteous one may fall even seven times, and he will certainly get up.(proverb 24:16)

그 어마어마한 유혹과 싸우다가 실패하고 쓰러진다 해도 또 도전하겠다는 것이다. 유혹에서 벗어나고 싶다는 강한 의지만 갖고 있다면 언젠가 반드시 빠져나올 수 있다. 도박에서 벗어난 아저씨는 그 험난한 싸움에서 승리자가 되었다. 누군가 그에게 질문을 했다고 한다.

"내가 들으니 도박에 빠진 사람은 손을 잘라도 손목으로 도박을 한다고 했는데 어떻게 그 유혹에서 빠져나오셨죠?"

"나도 사실 빠져 있을 때에는 손을 비틀어도 해야 되겠다는 생각을 했었죠. 그런데 어느 날, 도박에 빠진 아내의 모습과 컴퓨터 게임에 푹 빠져 버린 아이들을 보았어요. 가장으로서 나쁜 영향을 끼쳤다고 생각하니 내 자신이 용서가 되지 않더군요."

그다음 날, 그는 거짓말 같이 그렇게 끊기 힘들던 도박장과 영원히 이별을 했다.

두 번째 경우의 알코올 중독에 빠진 분과 같이 어쩔 수 없는 상황에서 유혹에 빠진 경우나 자신의 결심만으로 벗어나기 힘들 때에는 용기를 내어 주위에 도움을 요청해 보자. 자신이 생각지도 못했던 해결 방법이 나올 수도 있고, 예상치 않은 곳에서 도와주는 사람이 생길 것이다.

이처럼 하나님은 경건한 정성을 바치는 사람들을 시련에서 구출하시고(베드로후서 2:9).

Jehovah knows how to deliver people of godly devotion out of trial.(2 Peter 2:9)

이 성언처럼 절대자가 우리에게 도움을 줄 것이라는 사실을 잊지 말자.

잃어버린 꿈을 찾아서

'지나가 버린 어린 시절엔 풍선을 타고 날아가는 예쁜 꿈도 꾸었지……

그 조그만 꿈을 잊어버리게 된 건 내가 너무 커 버렸을 때……'

한 친구의 이야기를 하고자 한다. 길고 예쁜 손가락을 갖고 있던 그녀는 어릴 때 우리가 모인 곳에서 하얀 건반을 두드리며 아름다운 음악을 들려주었다. 그녀는 "커서 세계에서 유명한 피아니스트가 되는 것이 꿈이야"라고 말하곤 했다.

그녀는 외국으로 유학을 가서 그 유명한 줄리아드 음대를 최우

수 성적으로 졸업하고 유명한 오케스트라에 들어감으로써 우리 모두의 부러움의 대상이 되었다. 또한 그녀가 속한 오케스트라에서는 그녀에게 피아노 독주회를 열어 주곤 했다. 그렇게 잘나가던 그녀의 생활이 바뀐 것은 그녀가 현재의 남편을 만나고서부터다. 사업을 하는 남편과 피아니스트였던 그녀가 서로 다른 일을 하며 조화롭게 살고 있었는데, 남편의 사업이 도산할 위기에 닥치자 그녀가 팔을 걷어붙이고 남편을 도와 사업에 뛰어들었다. 그녀는 갑자기 아이들을 키우랴 사업을 하랴 정신없는 삶을 살기 시작했고, 때때로 자신이 좋아하는 피아노 치는 일을 생각하며 한숨짓곤 했다. 그렇게 세월은 흘러갔다. 나는 그녀가 적성에 맞지 않는 일을 하는 것도, 그리고 묻어버린 그 '꿈'에 대해서도 친구를 볼 때마다 늘 안타깝기만 했다.

검단에 있는 외과를 다니시는 어머니는 늘 담당의사에 대해 말씀해 주셨다. 어머니와 친해져 자신의 감정을 털어놓기도 하는 그 의사는 다음과 같이 말했다.

"저는 세계 배낭여행을 해 보려던 꿈이 있었어요. 그런데 이렇게 환자가 많고 바쁘니 여행은 고사하고 일 년에 2박 3일 시간 내는 것도 힘이 드는군요. 세계 일주는 그저 희망일 뿐 언제 실현될지. 정말 백발로 은퇴나 해서 떠나게 되는 건지." 그러면서 한숨을 지

그냥 피어 있는 꽃은 없습니다

었다고 한다.

어머니 말에 의하면 병을 잘 고친다는 소문을 듣고 먼 동네에서도 찾아오는 손님으로 그 병원은 항상 만원이라고 한다.

우리가 어떤 일을 하든지 사람에게 '꿈'은 매우 중요하다. 다음과 같은 성언도 있다.

"쟁기질하는 사람은 희망을 가지고 쟁기질하며, 타작하는 사람은 한몫을 받으리라는 희망을 가지고 그렇게 하는 것이 당연하기 때문입니다"(고린도전서 9:10 후반).

비록 자신의 꿈이 '박 모'처럼 세계에서 인정받는 축구선수가 되는 것이라는 약간은 어려워 보이는 꿈일지라도 그 아름다운 꿈을 믿어보는 것은 어떨까?

믿음은 바라는 것들에 대한 보증된 기대이며 보이지 않는 실체에 대한 명백한 실증입니다(히브리서 11:1).

Faith is the assured expectation of things hoped for, the evident demonstration of realities though not beheld.(Hebrews 11:1)

이 성언처럼 언젠가 그 꿈이 깨어지는 것을 상상하지 말고 이루

어진다는 것을 기대하는 것은 어떨까? 비록 보이지는 않지만 나타
날 것이라는 기대와 희망을 품고 있으면 인생은 더 풍요로워지게
마련이다. 비록 지금은 현실이 어둡고 힘들지라도 희망이 생기는
순간 우리는 그것을 밧줄로 삼아 한걸음씩 나갈 수 있는 힘이 솟아
나게 된다.

> 우리는 이 희망을 영혼을 위한 확실하고 굳건한 닻으로서 가
> 지고 있으며(히브리서 6:19).
>
> This hope we have as an anchor for the soul, both sure and firm.(Hebrews
> 6:19)

이 성언과 같이 닻의 희망이 내려져 있으면 우리 인생의 배는 많
이 흔들리거나 파도에 휩쓸리지 않으리라. 열심히 믿고 희망을 버
리지 말자. 상황은 변할 수 있지만 꿈을 버리지 않는다면 실현의
순간이 자신도 모르게 다가올 수도 있다. 희망이 있는 사람은 제
2차 세계대전 때 나치 수용소에 갇혀 있었어도 살아남았다고 하는
실화가 있지 않은가. 희망이 있던 사람과 없던 사람은 얼굴색, 눈동
자 색도 달랐으며 희망을 잃는 순간 그들의 눈동자는 빛을 잃었다
고 목격자들은 말했다.

그냥 피어 있는 꽃은 없습니다

《안네의 일기》를 썼던 안네가 왜 죽었는지 아는가? 그녀의 언니가 장티푸스로 죽은 소식과 어머니가 죽었다는 소식을 들은 후 "나에게 남은 희망은 없다"면서 끙끙 앓다가 죽었다고 한다. 그녀에게 희망이었던 가족이 사라져 버렸기 때문이다.

꿈(희망)!

꿈이 있다면 아무리 어두운 곳에 있어도 '태양이 내리쬐는 곳'이 될 것이다. 그리고 꿈은 꿈에서만 그치지 않는다. 언젠가 당신도 아래의 성언을 직접 경험하기를 바란다.

그리고 이 희망은 실망에 이르는 일이 없습니다(로마서 5:5).

And the hope does not lead to disappointment.(Romans 5:5)

제3장

존중받는 나

: 남에게 받아들여지다

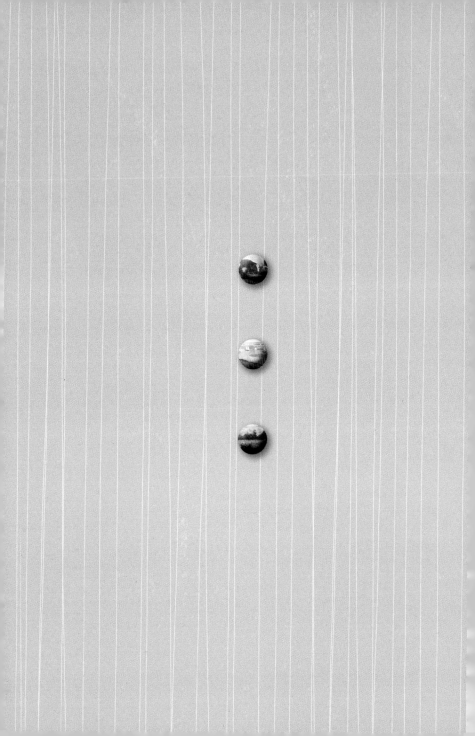

"제발
나를
용서해 주게"

남에게 장기 기증이라는 아름다운 희생을 하고도 오히려 이로 인해 해고를 당하는 사람들이 있다. 다음은 그 뉴스의 일부분이다.

"일부 보험회사는 장기 기증자들의 가입조차 거부하는 실정이다. 장기 기증 이후 생긴 합병증을 이유로 직장에서 권고사직을 당하는 등 차별마저 나타나고 있다. 한국간이식인협회 측은 '미흡한 제도적 지원은 장기 기증을 결심하도록 하는 데 결정적인 장애 요인'이라고 지적하며 '장기 기증자들의 경제적인 어려움과 사회적 차별 등을 해소해 주는 보다 적극적인 정책이 필요하다'고 밝혔다."

또 내 직장 동료의 사례도 있다. 그의 아버지는 친한 친구를 위해 보증을 서 주었다고 한다. 그런데 그 친구의 사업이 실패하자 친구는 어디론가 잠적해 버리고 직장 동료 가족의 집은 경매로 넘어가고 말았다. 직장 동료의 가족들은 할 수 없이 정든 고국을 버리고 맨손으로 이민을 와 매우 고생을 하며 삶을 일구어 나갔다. 나도 아버지의 친구로 접근해 사업에 돈이 급하다며 애원하는 사람을 도우려고 돈을 빌려 주었다가 사기를 당해 전 재산을 날리고 빚까지 지고 외국에 나갔다. 이렇게 다른 사람을 도우려는 좋은 동기를 가지고 했는데 결과는 뜻밖의 피해를 겪게 된 사람들은 이후에 사람을 믿을 수도 없고 큰 실의에 빠지게 된다.

그러나 잠시 생각해 보면 억울하게 당한 일은 반드시 언젠가, 어디에선가 보상을 받게 된다는 사실을 경험하게 되었다. 그것이 물질적인 것일 수도 있고 정신적인 것일 수도 있다. 다음의 성언에 그러한 점이 언급되어 있다.

그릇 인도되지 마십시오. 하나님은 조롱을 당하실 분이 아닙니다. 사람은 무엇을 뿌리든지 그대로 거둘 것입니다. 육체를 위하여 뿌리는 사람은 육체로부터 부패를 거두고, 영을 위하여 뿌리는 사람은 영으로부터 영원한 생명을 거둘 것이기 때문입니다. 그러므로 훌륭한 일을 행하다가 포기하지 맙시다.

그냥 피어 있는 꽃은 없습니다

우리가 지치지 않는다면, 제철이 되어 거두게 될 것입니다.
모든 사람에게 선한 일을 합시다(갈라디아서 6:7~10).

Do not be misled. God is not one to be mocked. For whatever a man is
sowing, thie he will also reap; because he who is sowing with a view to
his flesh will reap corruption from his flesh, but he who is sowing with
a view to the spirit will reap everlasting life from the spirit. So let us not
give up in doing what is fine, for in due season we shall reap if we do
not tire out. Let us work what is good toward all.(Galatian 6:7~10)

"훌륭한 일을 하면서 포기하지 않는다면 언젠가는 거둘 수 있다"
는 말은 남을 도와주었는데 오히려 안 좋은 결과를 얻은 많은 이에
게 위로와 평화를 가져다준다.

다음의 흥미 있는 실화를 살펴보자.

쌍둥이 빌딩이 타들어가고 있었다. 그 안에 있었던 버든 씨도 역
시 다른 사람들과 마찬가지로 공포에 질려 엘리베이터로 뛰어들었
다. 사람들은 비명을 질러 대며 엘리베이터에 타려고 거칠게 몸싸
움을 벌이고 있었다. 한정된 인원을 태울 수 있는 엘리베이터에 그
많은 사람이 모두 탈 수 없었기에 다급해진 사람들이 살기 위해 발
버둥을 쳤다. 그런데 그중 힘없고 연로한 노인 한 분이 엘리베이터
에서 밀려나왔다. 그것을 본 버든 씨는 엘리베이터에 타는 것을 포

기하고 그 힘없는 노인을 부축해서 한 걸음 한 걸음씩 계단을 내려가기 시작했다.

다른 사람을 부축하고 몇십 층의 계단을 내려온다는 것이 결코 쉬운 일이 아니었다. 그의 온몸에는 땀이 비가 오듯 흘러내렸다. 그러다가 그가 간신히 땅에 도착했을 때 그의 눈앞에 벌어진 풍경은 실로 놀라지 않을 수 없었다. 무게로 인해 엘리베이터가 도중에 줄이 끊어져 초고속으로 낙하해 아까 노인과 자신을 밀어내던 사람들은 모두 죽음을 맞이하고 말았다. 그 힘없는 노인을 구하느라고 엘리베이터를 놓친 것은 버든 씨에게는 분명히 손해되는 일이었다. 버든 씨 자신도 노인을 부축해 내려가면서 '내가 왜 이런 결정을 내렸을까? 이렇게 천천히 내려가다가 빌딩이 무너지면 우리 둘 다 죽겠지!' 하며 후회를 했을 수도 있다. 땀으로 온몸이 젖었을 때는 '나 혼자 내려오기도 힘든데 왜 남을 돌볼 결심을 했는가?' 하며 자신의 결정이 어리석었다고 생각했을 수도 있다. 그러나 그가 마지막에 얻은 결과는 무엇

그냥 피어 있는 꽃은 없습니다

인가? 자신이 희생했다고 생각했지만, 결과적으로 남의 생명뿐만 아니라 자신의 생명도 구하는 귀중한 결과를 얻었다.

앞의 성언대로 우리도 지치지 않고 능력을 발휘할 수 있을 때 선한 일을 베푼다면 반드시 거두는 날이 오게 될 것이다.

네 손에 선을 행할 능력이 있거든, 마땅히 받아야 할 자들에게 선을 베풀기를 주저하지 말아라(잠언 3:27).

Do not hold back good from those to whom it is owing, when it happens to be in the power of your hand to do it.(proverb 3:27)

이 성언은 분명히 일리가 있는 말씀이다. 선을 베풀기를 주저하지 않으면 우리는 뜻밖의 보상과 정신적인 풍요로움을 얻을 수 있기 때문이다.

앞에서 언급했던 직장 동료의 경우도 그러했다. 사기를 당해 이민을 와 처음에는 힘들게 살았지만, 열심히 일하고 축복을 받아 많은 재산을 모으게 되었다. 물질적 재산뿐 아니라 아버지가 종교를 받아들임으로써 영적인 축복도 얻게 되었다. 그러던 어느 날 그가 아버지를 모시고 놀이공원에 놀러 갔다. 놀이 기구를 타려고 기다리고 있는데 거기서 뜻밖의 사람을 마주쳤다. 다름 아닌 돈을 못

갚고 잠적해 버린 아버지의 친구분이었다.

두 사람은 매우 놀라지 않을 수 없었다. 모국이 아닌 다른 나라의 같은 도시에서 그것도 같은 놀이공원에서 같은 시간에 같은 놀이 기구 앞에서 마주치게 되다니. 그 친구는 아버지를 보자마자 무릎을 꿇었다고 한다.

"제발 나를 용서해 주게." 이것이 그의 첫마디였다.

아버지 친구는 사업에 실패하고 빈손으로 이민을 와 역시 사업에 큰 성공을 했다고 한다. 그리고 자신이 빚진 것을 이제는 갚아야 한다는 생각과 내 직장 동료 가족들을 떠올리며 고국에 무슨 낯으로 돌아갈 수 있을지 생각하며 편하게 잠을 이루지 못한 날이 많았다고 고백했다. 그 두 분은 서로를 끌어안고 눈물을 흘렸다고 한다. 직장 동료의 아버지는 그날 밤 오랫동안 묵었던 가슴속의 체증이 다 내려간 느낌이었다고 말했다고 한다.

우리도 선의를 많이 베풀자! 당장은 손해를 보더라도 언젠가 그리고 어디선가 다른 축복이 되어 돌아올 것이라는 성언을 다시 한 번 되새기자.

관대한 영혼은 그 자신이 기름지게 되고, 다른 이에게 물을 후히 주는 자는 자기도 물을 후히 받게 된다(잠언 11:25).

The generous soul will itself be made fat, and the one freely watering

그냥 피어 있는 꽃은 없습니다

others will himself also be freely watered.(Proverb 11:25)

그 축복은 눈에 보이지 않는 영적인 혹은 정신적인 축복이 될 수도 있다. 비록 그것이 눈에 보이지 않는다 해도 더 값어치 있고 영원하다는 사실은 틀림없다.

편견의 벽은
사랑으로
뛰어넘는다

한 초등학교 동창은 선천적인 것인지 후천적인 것인지 모르겠지만 귀가 거의 들리지 않아 특수 보청기를 사용해야 했다. 그녀는 귀가 잘 안 들리면서 말을 할 때에도 정확한 발음을 할 수가 없었다. 그녀의 어머니는 특히 교육에 힘을 써서 그녀가 한국 전통무용을 배울 수 있도록 했다. 그녀가 언젠가 나에게 이렇게 말했다.

"왜 사람들은 내가 이야기하기 시작하면 아예 알아듣기 힘들 것이라고 생각하며 피해 버리는 거지?"

그녀의 말은 분명 귀를 잘 기울이면 이해할 수 있었다. 그러나 주위의 아이들이 그녀가 귀가 잘 안 들려 말을 제대로 할 수 없다

그냥 피어 있는 꽃은 없습니다

고 생각하거나, 아니면 다른 아이들과 발음이 좀 틀리다는 이유로 아예 자신들의 마음의 귀마저 닫아 버렸다. 그녀가 여섯 살 때쯤에는 동네 아이들이 "귀머거리, 귀머거리" 하며 조그만 돌을 던지기까지 했다. 그뿐만이 아니었다. 매해 불우 학생을 돕는 데 누구를 도와야 하는지 학급의 의견을 모을 때면 아이들은 그녀의 이름을 대곤 했다. 장애인은 다 가난하다는 고정 관념이 있었던 것이다.

그녀는 성장하여 많은 학교를 지원했다. 그녀의 전통 무용 실력은 우리가 봐도 수준급이었지만, 선생들은 장애인인 그녀가 잘 해내지 못할 것이라는 편견을 가지고 그녀의 공연을 보곤 했다는 것이다. 그들의 눈빛에는 '장애인이 하려고 해 봤자' 하는 생각이 역력했다고 한다. 거기에 더해 뭔가를 할 때마다 주위에서 "계집애가 뭘" 아니면 "여자애가 해 봤자"라고 말을 했었다.

이 이야기에 공감하는 사람이 많을 것이다. 자신의 실력과는 상관없이 성, 인종, 학력 때문에 받는 편견으로 느꼈던 좌절감이 마음 한구석에 있을 것이다.

"여성도 뭐든지 할 수 있어요." "장애인도 잘 할 수 있는 부분이 있어요." "고등 교육을 받지 않았어도 능력을 발휘하는 사람이 많아요." "나이지리아에서 태어났어도 열심히 노력하는 사람이 있어요"라고 아무리 외쳐도 그 외침이 공허하게 메아리치면서 사람들의 가슴에 와 닿지 않는 이유가 무엇인지 이해하기 힘든 현실이다.

이런 삭막한 현실에서 우리는 다음과 같은 지혜를 찾아보는 것이 어떨까?

> 위에서 오는 지혜는 무엇보다 순결하고, 평화를 이루고, 합리적이고, 기꺼이 순종하고, 자비와 선한 열매가 가득하고, 편파적인 차별을 하지 않고(야고보서 3:17).
>
> But the wisdom from above is first of all chaste, then peaceable, reasonable, ready to obey, full of mercy and good fruits, not making partial distinctions.(James 3:17)

'위에서 오는 지혜'대로 산다면 우리는 남에게 편견을 갖지 말아야 하며, 또 남이 나를 편견을 가지고 보는 것에 신경을 쓰지 않게 될 것이다. 무엇보다도 불완전한 존재인 우리 인간은 편견을 극복하기 어려울 때도 있지만, 절대자인 그분의 눈에는 우리 모두가 평등하게 보인다는 사실을 아는 것은 우리에게 위안을 준다.

> 베드로가 말했다. '나는 깨달았습니다. 하나님은 편파적이 아니시고 도리어 모든 나라에서 그분을 존중하고 의를 행하는 사람은 받아주신다는 것입니다'(사도행전 10:34).
>
> Peter opened his mouth and said 'For a certainty I perceive that

조르주 피에르 쇠라

풀밭에 앉아 있는 시골처녀
Peasant Woman Seated in the Grass

1882~1883년
유화 캔버스에 유채
46.2×38.1cm
솔로몬 R. 구겐하임 미술관 소장

God is not partial, but in every nation the man fears him and works righteousness is acceptable to him.' (Acts 10:34)

この 성언에 의하면, 인종, 성별, 학벌에 상관없이 공의를 지닌 하늘 아버지께는 모두 받아들여질 수 있다. 그리고 중요한 점은 그분에게 받아들여지는 것이 다른 사람들에게 받아들여지는 것보다 더 소중한 특권이라는 것이다. 이 사실을 기억한다면 앞으로 어떤 편견에 부닥쳐도 우리는 마침내 극복할 수 있을 것이다.

마음의 상처로
다른 사람의
상처를 만지다

  우리는 종종 다른 사람으로 인해 말 못할 상처를 받게 되는 일이 있다. 사기 사건을 당한 후 어떻게든 다시 삶을 꾸려 나가고 집을 마련해 보고자 미국에 온 나는 몇 년 후 한국 사람이 운영하는 하숙방을 하나 구했다. 주인아저씨는 맹인으로 검은색 안경을 쓰고 있었는데 당뇨로 인해 시력을 잃었다고 했다. 그는 고아로 자라 나중에 조직 폭력의 두목이 되었고, 고아들을 모아 껌을 팔도록 해서 그 돈을 회수해 거금을 챙기는 유명한 조폭의 우두머리가 되었다. 그러나 살인도 많이 하고 잔인하여 한국에서 추방되어 입국도 할 수 없다고 했다. 그는 범죄자라는 자신의 과거를 아주 자랑스럽게 말했다.

며칠도 지나지 않은 어느 날 깊이 자고 있는데 인기척 소리가 나서 나는 번쩍 깨었다.

"어? 아…… 아저씨 어떻게 들어오셨어요?"

"아니, 잠이 안 와서 이야기 좀 하려고."

나는 몹시 놀라지 않을 수 없었다. 어떻게 남의 방에 밤중에 들어오게 되었는지 이해할 수 없었다.

"난 사실 당뇨로 눈이 멀면서 성기능도 거의 잃는다고 의사가 말했거든. 그런데 박 양의 목소리를 듣는데 내 성기능이 회복되는 데 도움을 줄지도 모른다는 생각이 들지 않겠어."

"네? 아저씨 저…… 저 그런 거 몰라요."

나는 그날 간신히 아저씨를 밖으로 내보냈다.

그다음 날 내가 집으로 돌아와서 문을 열고 들어왔는데 또 어떻게 알았는지 그가 나에게 다가오더니 지나가는 나의 엉덩이를 만지는 것이었다. 그야말로 기가 막힐 노릇이었다. 매우 혼란스런 가운데 그날 저녁에 아저씨가 또 나의 방을 찾아왔다.

"마사지 기계 있잖아. 나 그것 좀 받게."

나에겐 유일한 재산 목록인 누워서 받는 마사지 기계가 있었다.

"쓰세요, 아저씨."

아저씨가 마사지를 받다 말고 나를 불렀다.

그냥 피어 있는 꽃은 없습니다

"저번에 내 하체가 싸늘해졌다고 했잖아 당뇨 때문에. 여기 좀 만져봐 배가 싸늘하지."

그러더니 나의 손을 자신의 배에 댄 후 손을 꽉 쥐더니 자신의 바지 속으로 집어넣었다.

"아니 왜 이러세요, 아저씨."

간신히 정신을 차리고 뿌리친 뒤 그를 방에서 나가게 했다. 놀란 나는 '방을 구해야지'라고 생각하고 열심히 다른 방을 알아보았다. 며칠을 돌아다녔지만 방도 구하기 힘들었고, 그나마 구한 방이 방세가 매우 비싸 현재보다 네 배나 더 지불해야 했다. 꿈이었던 선교 봉사활동을 하며 난민들을 도우며 지냈던 나는 그 당시 미국 경제가 어려워지자 하고 있던 통역 일감이 거의 끊기는 바람에 가지고 있던 얼마 되지 않는 돈을 쪼개서 쓰고 있던 터라 그렇게 비싼 방의 보증금을 갑자기 지불할 수도 없었다. (지금 방의 보증금은 돌려 받을 수 없기 때문이기도 했다.)

내가 살고 있는 집은 방에는 온열 장치가 되어 있지 않아서 겨울이 되자 뼛속까지 시릴 정도로 추웠다. 주인은 난방비를 아낀다고 온도를 높이지 않아 물도 미지근하게 써야 했다. 그것도 잠시 얼마 지나지 않아 온수를 안 주려는 속셈으로 주인집 딸이 보일러를 잠그고 외출해 버렸다. 그런데 일어나서 샤워를 하러 가는 나의 눈앞에서 보일러가 거대한 불을 내뿜으며 폭발했다. 나는 화상을 입었고 곧이어 소방서 아저씨들이 달려왔다. 만약 내가 보일러에 조금만 더 가까이 있었다면 목숨을 잃었을지도 모를 일이었다. 화상을 치료하는 데 없는 돈까지 쓰게 된 나는 아저씨에게 혹시 집이 보험을 들어 놓은 것이 없냐고 물어보았다. 그는 없다고 잘라 말했다.

그런데 그다음 날, 그 딸이 차가운 어투로 목소리를 높였다. "이번 달 방세 내야지."

아저씨는 내가 지나가면 여전히 엉덩이나 허벅지를 만졌다. 결국 방을 구하지 못한 나는 하는 수 없이 저번에 사기를 당했을 때 사기꾼들에게 오히려 접근금지 당했던 기억을 되살리고는 이 아저씨의 접근을 금지할 수 있도록 법에 호소해 보기로 했다.

'아저씨는 본래 살고 있는 저택이 있는데 자꾸 하숙집(여러 명 거주하고 있었다)에 와서 저에게 성추행을 합니다.' 이것이 내가 호소한 내용이었다.

재판이 열리던 날, 아저씨는 (부자이므로) 소위 명성이 있는 변호사와 우리 주택의 다

른 입주자를 데리고 나왔다. 그런데 이 입주자가 무슨 뇌물을 받았는지 아저씨는 맹인이고 사람들을 찾아다니는 일을 한 적이 없다고 주장했다.

게다가 아저씨는 "그리고 나는 앞도 안 보이고 내가 혼자 걸어다니는 것도 힘듭니다. 게다가 성기능도 거의 상실되었습니다"라고 증언했다.

법정에서는 나를 비웃는 소리가 들려왔다.

"성추행한 것을 본 증인이라도 있나요?" 판사가 물었다.

증인은 물론 없었고, 사람들의 비웃음과 경멸에 찬 시선만 돌아왔다. '저 불쌍한 장애인한테 무슨 짓이야 그래' 하는 눈빛이었다.

"게다가 집주인이 자신의 소유 주택을 방문하는 것이 어떻다고 저 여자에게 접근 금지를 시키겠습니까?" 변호사는 거침없이 말을 이어나갔다.

나는 조롱의 시선과 비웃음을 뒤로 하고 법정을 나서야 했다.

나는 성추행을 당한 것에 이어 법정에서의 일이 억울하여 자살

하겠다는 생각을 잠시 하게 되었고, 병원에서 치료를 받은 몇 주 후 짐을 정리하여 이사를 가야겠다는 생각으로 그 집에 돌아갔다. 그런데 주인집 아저씨가 경찰을 불렀다. 미친 사람이 있다는 제보를 받고 긴급 출동 대원이 열 명 이상 달려왔다. 그는 내가 이전에 병원에 있었다는 사실을 이용해 나를 정신병자로 몰면서 자신이 엉뚱하게 고소당했다는 것을 증명할 수 있다고 계산한 것이다.

"잠시 자살 충동을 느꼈지만 미친 것이 아니에요." 나는 마음을 진정시키고 간신히 말했다.

비록 내가 받은 마음의 상처는 컸지만 상처로 인해 남의 상처를 이해하게 되었다. 어렸을 때 성추행을 당한 기억으로 자살을 시도해서 병원에 온 여인 '제니'를 만나 그녀의 아픔을 이해하고 위로의 말까지 전할 수 있었다. 상처를 받았기에 남의 상처를 어루만질 수 있게 된 것이다. (나는 하나님이 나를 위로의 도구로 써 주셨으면 하는 바람이다.) 언젠가 하나님은 그 큰 손으로 아픈 상처를 보듬어 도닥거려 주실 것이다.

착하게 살면서 마음의 큰 상처를 입은 모든 사람을 위한 성언이 있다.

여호와 하나님께서 그 백성의 상함을 싸매시며 심한 상처도 낫게 해 주시는 분(이사야 30:26 일부).

만약 아직도 자신이 받은 상처가 가슴속에 남아 있다면 이 말씀대로 하나님께서 반드시 싸매 주실 것이라는 사실을 기억하자. 하나님은 결코 충성스런 사람을 상처 속에 내버려 두시지 않는다. 그분은 충성스런 사람들에게는 그만한 보상을 생각하실 것이고 행동하실 것이 틀림없다.

하나님은 충성스러운 자에게는 충성스럽게 행하실 것입니다
(시편 18:25).

With someone loyal you will act in loyalty.(psalm 18:25)

명예가
땅에 떨어졌어도
높여질 날이 온다

명예는 '세상에서 훌륭하다고 일컬어지는 이름' 또는 '사람의 사회적인 평가'라고 정의된다. 곧 명예는 다른 사람의 평가가 관련되어 있다. 평생을 열심히 남을 위한 봉사를 하며 살았는데 조그만 실수가 드러나자 사람들은 그를 부도덕한 사람이라고 손가락질한다. 평생을 사업에 매진하여 성공했을 때는 위대한 기업가로 평가를 받다가 어느 순간 실수로 사업이 망하면 "머리보다 행동이 앞섰던 성급했던 인간"으로 평가된다. 평생 기업을 위해 일하고 '이사'의 직함까지 올라갔으나 그다음에는 더 이상 올라가지 못하고 하루아침에 실직자가 되자 사람들은 '거만하더니 내리막길로 떨어진

그냥 피어 있는 꽃은 없습니다

자'로 낙인찍는다. 이것이 바로 오늘날의 현실이다.

그러나 다음의 예를 보자.

주한 모대사관에 근무하던 나는 어느 날 외국 외교관에게 호텔 레스토랑으로 초대를 받았다. 외국 외교관은 음식을 날라 주는 사람을 보더니 나에게 말해 주었다.

"저기 좀 봐요, 저렇게 백발을 가진 분이 음식을 날라 주니 황송하네요."

나는 그를 만났다. 그는 성공한 대기업의 부사장이었고, 어느 날 그 회사가 부도가 나자 하루아침에 사퇴를 했다. 사람들은 대기업의 임원이 남에게 음식이나 나르는 사람으로 전락했다, 하루아침에 명예를 잃었다는 등 뒤에서 숙덕댔다.

명예를 더럽힌다는 것을 예로 A, B, C 그리고 D 씨가 있다고 가정해 보자. A 씨는 목화 꽃보다 더 하얀 빛이 나는 흰 무명옷을 입고 길을 걷고 있었고, B 씨는 회색 옷을 입고 걸었으며, C 씨는 고동색 옷을 입고 걸었고, D 씨는 거무스름한 옷을 입고 걸었다. 그때 차가 지나가며 옆에 있던 흙탕물이 튀었다. 그러면 이 4명 중에서 누가 가장 눈에 띄겠는가?

A 씨다. A 씨는 워낙 바탕이 하얄 정도로 정의의 길을 걸어왔고 성식하게 살아오려고 노력했기 때문에 조금의 오점이 보인다면 그 오점(흙탕물)이 너무도 뚜렷하게 보이는 것이다.

명예가 땅에 떨어졌다고 생각하는 사람들은 다음의 논리로 위로를 삼아 보라.

첫째, 자신의 바탕이 너무나 하얗고 순수했기 때문에 그 조그만 실수가 남의 눈에 금방 띄게 된 것이다. 거무스름한 옷을 입은 사람(즉, 평소에도 안 좋은 일을 서슴없이 하는 사람)의 옷은 흙탕물이 튀어도 주목거리도 되지 않는다. 하얀 옷 외의 다른 사람들이 화려한 색깔의 옷을 입고 있는 듯 보이지만, 그 화려한 빛깔 속에 섞여 있는 흙빛은 보지 못하는 것은 아닐까?

둘째, 그 넓고 넓은 하얀 바탕에 주목하지 않고 그 조그만 점인 흙탕물 자국에만 주목하는 사람들도 문제가 있다.

앞에서 말했던 웨이터가 된 사람은 명예로 따지자면 이전과는 비교도 되지 않는 직업인 웨이터로 백발을 휘날리며 인생을 다시 시작했다. 이러한 사실이 세상에 알려졌고, 그는 결국 용기 있는 사

그냥 피어 있는 꽃은 없습니다

람으로 다시 평가되어 명예를 회복하게 되었다. 그리고 지금은 유명한 강사이자 저자로 활약하고 있다.

어느 순간 우리는 조그만 실수로 인해 '그동안의 공로는 모두 수포로 돌아간 것'인 양 떠들어 대는 사람들 속에 있는 자신을 발견할 수도 있다. 그러나 그것이 내 인생의 전부는 아니고 또한 나에 대한 전체적인 평가도 아니라는 사실을 당당하게 보여 주는 것은 어떨까?

이를 위한 좋은 성언이 있다.

그러므로 하나님의 위력 있는 손 아래 자기를 낮추십시오. 때가 되면 그분이 여러분을 높이실 것입니다(베드로전서 5:6).

Humble yourselves, therefore, under the mighty hand of God, that he may exalt you in due time.(1 Peter 5:6)

이 성언처럼 자신을 낮추고 남을 의식하지 않고 꾸준히 자신의 일을 하며 때를 기다려 보라. 지치지 않는다면 그 높여지는 '때'는 반드시 오게 될 것이다.

인간의 굴레에서 진정한 자유를 찾다

알래스카에서 살고 있을 때였다. 이웃집을 방문했는데 그 집 아들이 소파에 꼼짝 않고 앉아 있는 것이었다. 그의 어머니가 말했다.

"실은 내 아들이 창피하게도 구속을 당해 저렇게 발에 족쇄를 차고 있지요."

그 사정은 이러했다. 아들이 세 번이나 음주 운전으로 걸려 결국 족쇄를 차고 집에 감금되었다. 만약 아들이 집을 나서면 그 순간 족쇄 속의 전자 장치가 작동해 경찰서 자동시스템이 사이렌을 울리기 때문에 감금 기간인 3주 동안은 집을 나갈 수 없게 된 것이다.

그냥 피어 있는 꽃은 없습니다

이것을 보고 나는 대단한 발상이라고 생각했다. 사람을 집에 가두어 벌을 준다는 것이 말이다. 그런데 그 족쇄를 보자 우리 인간이 차고 있는 보이지 않는 족쇄를 보는 듯했다. 자유롭게 살고 있는 것처럼 보이지만, 우리는 누구나 그런 속박을 느끼며 살아간다. 속박의 형태도 가지각색이고 속박이 오는 근원도 다양하다. 죄의 속박, 일의 속박, 공부와 시험의 속박, 죽음과 질병으로부터의 속박 등등.

다음과 같은 속박도 있다.

"웬일이야? 너무 즐거워서 친구한테는 전화도 없더니."

한 친구로부터 오랜만에 전화가 왔다. 그녀는 자신이 진정으로 원하던 상대와 결혼을 하자 세 달이 지나도록 전화 한 통 없었다.

"그래, 잘 지내고 있어. 그런데 처녀일 때와는 다른 것도 있는데 가끔 견디기 힘들 때도 있어."

"네가 행복하기만 한 줄 알았는데." 내가 말하자 친구는 마치 봇물이 터지듯이 마음속에 담아두었던 불만과 서운함을 털어놓기 시작했다.

"결혼생활이 싫다는 건 아닌데…… 생각지 못했던 면도 있어…… 결혼은 구속이라더니…… 난 그 말이 무슨 소린지 정말 몰랐거든. 옛날에는 아무 구속 없이 여자 친구들과의 모임에도 가고 또 친구들도 자주 초대해서 저녁을 해 먹곤 했는데 지금은 남편이

조르주 피에르 쇠라

말을 단 짐수레
La Charette attelee

1883년경
유화 캔버스에 유채
41×33cm
솔로몬 R. 구겐하임 미술관 소장

그런 걸 싫어하는 눈치야. 저번 주에도 스티븐 부부가 초대해 주었는데 남편이 말리지 뭐야."

나는 친구의 끊임없는 푸념을 한 시간이나 들어야 했고 위로를 해 주어야 했다. 행복하기만 할 줄 알았던 친구가 이렇게 많은 불평을 털어놓을 줄은 상상도 못했기에 난감하기만 했다. 아마 마음속으로 공감하는 사람들이 있을 것이다. '결혼'이라는 행복함 속에 앙증맞은 속박이 감추어져 있는 것이다.

또 다음과 같은 속박도 있다.

역에서 내려 택시를 탔는데 택시 기사와 이야기를 나누게 되었다.

"나는 힘들게 자식들 대학 등록금까지 대면 내 할 일은 끝났다고 생각했는데 말이지, 큰애가 결혼할 때가 되니 이번에는 전세금을 조금 도와 달라고 하잖아. 뭐 그러려니 하고 도와 주었지. 그런데 이제 토끼 같은 손자 손녀가 생겼는데, 이번에는 내 마누라한테 낮에 애들을 돌봐 달라고 하는 거야. 내 마누라는 손자들을 돌보느라 집에서 꼼짝도 못하지."

택시 기사 아저씨는 차의 거울로 희끗희끗한 머리를 들여다보며 말했다.

작가 윌리엄 서머싯William Somerset의 《인간의 굴레》라는 책에 나오듯이 우리 인간은 살아가는 동안 굴레를 벗어날 수가 없는 것일까?

이 문제에 대한 답을 주는 성언이 있다.

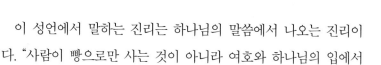

네가 진리를 알겠고 그 진리가 너를 자유케 하리라(요한복음
8:32).

and you will know the truth, and the truth will set you free.(John 8:32)

이 성언에서 말하는 진리는 하나님의 말씀에서 나오는 진리이
다. "사람이 빵으로만 사는 것이 아니라 여호와 하나님의 입에서
나오는 말씀으로 살아야 한다"라는 말이 〈마태복음〉 4장 4절에 나
온다. 그렇다면 성스러운 성서는 '빵나무'가 아닐까?

그것은 우리가 풍부한 영적 영양분을 마음대로 얻어먹을 수 있
게 하고, 인생의 모든 문제를 해결할 수 있도록 함으로써 우리를
진정으로 자유롭게 하는 황금의 열쇠까지 들어 있는 빵나무이다.

그리고 이 나무에서 열린 빵은 "하늘에서 내려온 빵"(요한복음
6:58)이 될 것이며, 이 빵을 먹는(받아들이는) 사람은 영원히 살 것
이다.

그냥 피어 있는 꽃은 없습니다

마음으로 다가가고
마음으로 다가오는
친구

내 한 친구는 자신이 언제나 외톨이라고 생각한다. 아무리 노력해도 좋은 친구를 만들 수가 없고, 특히 다른 이야기는 즐겨 해도 자신의 비밀이나 내면의 진실한 감정 등 속 깊은 대화를 나눌 사람이 없다는 생각이 든다고 한다.

그렇다면 우리는 어떠한가? 우리도 내 친구와 같은 생각을 하며 살고 있지는 않을까?

그러나 친구가 없다고 불평하기 전에 내가 먼저 좋은 친구가 되어 주었는지를 한 번쯤 돌아볼 필요가 있지 않을까!

여러분도 수고하여 약한 사람들을 도와주어야 하고, 또 '주는 것이 받는 것보다 더 행복하다'고 친히 말씀하신 주 예수의 말씀을 기억해야 합니다(사도행전 20:35).

By thus laboring you must assist those who are weak, and must bear in mind the words fo the Lord Jesus, when he himself said 'there is more happiness in giving than there is in receiving.'(acts 20:35)

이 성언처럼 먼저 그들을 도와주고 정신적인 것이든 물질적인 것이든 무언가를 그들에게 주려고 노력해 보았는가? 또한 다른 사람들이 슬퍼할 때 그들에게 귀를 기울이고 그 슬픔을 조금이라도 나누려는 노력은 해 보았는가?

참된 동무는 항상 사랑하니, 그는 고난이 있을 때를 위하여 태어난 형제이다(잠언 17:17).

A true companion is loving all the time, and is a brother that is born for when there is distress.(proverb 17:17)

이 성언처럼 좋을 때뿐만이 아니라 친구가 슬퍼할 때 함께 있어 주려고 했었는지 돌아보자. 또한 "무엇이든지 사람들이 여러분에

그냥 피어 있는 꽃은 없습니다

게 해 주기를 원하는 것을 그대로 그들에게 해 주어야 합니다"(마태복음 5:12)라는 성언은 실천해 보았는가? 사실 자신을 돌아보면 남이 나에게 벗이 되어 주지 않았다고 비난하는 자신이 더 부끄럽다는 것을 느낄지도 모른다.

다음의 성언을 읽고 한번 실천해 보도록 하자. 아마 주위에 나를 찾는 사람이 많아지는 것을 경험하게 될 것이다.

> 옛 인간성을 벗어 버리고, 도리어 여러분의 정신을 움직이는 힘에서 새롭게 되어, 참된 의와 충성 가운데 하나님의 뜻에 따라 창조된 새 인간성을 입어야 합니다(에베소서 4:22~24).
>
> But you should put away old personality, and you should be made new in the force actuating your mind and put on the new personality which was created according to God's will in true righteousness and loyalty. (Ephesians 4:22~24)

이 성언은 실천하기가 결코 쉽지 않다. 그래서 누군가 "우리는 죽을 때까지 배워야 하고 그 때까지 노력해야 한다"라고 말했다. 내가 먼저 새롭게 되어 보자! 그렇다고 친구들의 마음에 들기 위해 나의 모든 것을 바꾸어야 한다는 것은 아니다. 내가 먼저 변하고 손을 내밀면 분명 우리는 새로운 친구를 얻을 수 있을 것이다.

그러나 만약 모든 노력을 했는데도 마음을 열고 오는 이가 없다면 그것은 더 이상 우리의 잘못이 아니라 주위의 사람들이 이상한 것이리라. 그럴 때라도 누군가가 반드시 있다는 사실을 기억하면 힘을 얻을 것이다.

네가 물 가운데로 지난다 해도 내가 너와 함께 있겠고(이사야 43:2).

In case you should pass through the waters, I will be with you.(Isaiah 43:2)

항상 곁에서 나의 속마음을 다 헤아려 주시고 불평도 다 들어 주시는 분이 계시다면 정말 든든하지 않은가. 하늘의 아버지께서는 눈에 보이지는 않지만 우리에게 영원히 믿음직한 친구가 되어 주신다.

그냥 피어 있는 꽃은 없습니다

용서함으로 오는
마음의 평화

친구에게 배신이나 모욕을 당했다고 느끼면 우리는 때때로 복수심에 불타오르기도 한다. 그러나 사소한 것에 복수할 생각까지 하면 마음이 편하지 않다. 오히려 용서를 하면 마음이 편해지게 된다.

누가 다른 사람에 대하여 불평할 이유가 있더라도, 계속 서로 참고 서로 기꺼이 용서하십시오. 여호와 하나님께서 여러분을 기꺼이 용서하신 것처럼 여러분도 그렇게 하십시오. 그러나 이 모든 것에 더하여 사랑을 입으십시오(골로새서 3:13~14).

Continue putting up with one another and forgiving one another freely if anyone has a cause for complaint against another. Even as Jehovah freely forgave you, so do you also. But besides all, clothe yourselves with love.(Colossian 3:13~14)

〜〜〜

만약 우리가 이 성언처럼 용서를 잘할 수 있다면 어느 누가 심장병을 얻고, 우울증에 걸리겠는가? 때로는 어느 순간 '그래 나도 뭐 잘못한 것이 있을 테니 용서하자'라고 마음을 먹었는데 며칠이 지난 어느 순간 상대방이 나에게 얼마나 상처를 주었는지가 새삼 떠오르며 다시 흥분하기 시작하는 자신을 발견하게 된다. 그럼 '하나님께서 여러분을 용서하신 것처럼'이라는 표현을 다시 한 번 읽어보고 묵상해 보자.

지난 인생을 걸어오면서 얼마나 많은 잘못을 저질렀는지 모두 기억할 수 없을 정도로 우리는 수많은 잘못을 저지르며 살고 있다. 나의 한 친구는 사춘기 시절에 뜻하는 일이 잘 되지 않을 때마다 '다 이게 엄마 때문이야' 하고 대들었다고 한다. 그러나 어느 순간 진리를 깨닫고 회개하고 뉘우쳤을 때 하늘의 아버지께서는 자신의 죄를 용서해 주었고, 친구도 지난 과거에 엄마에게 잘못한 것들을 사과했다고 한다. 만약 하나님께서 용서하시지 않았다면 아마도 이 지구상에 살아 있을 사람은 하나도 없을 것이다.

그냥 피어 있는 꽃은 없습니다

조르주 피에르 쇠라

초목이 우거진 비탈
Grassy Riverbank

1881년
유화 캔버스에 유채
40×32cm
개인 소장

그런데 놀랍게도 성언은 이렇게 조언을 하고 있다.

아무에게도 악을 악으로 갚지 마십시오. 모든 사람에게 훌륭한 것을 마련해 주십시오. 악에게 지지 말고, 계속 선으로 악을 이기십시오(로마서 12:17, 21).

Return evil for evil to no one. Provide fine things in the sight of all men. Do not let yourself be conquered by the evil, but keep conquering the evil with the good.(Roman 12:17, 21)

사실 용서하는 것도 쉬운 일이 아니건만 선으로 악을 이기라고 말하고 있다. 여기서 잠시 생각해 보자. 중요한 사실은 자신은 그 사람들을 용서하지 못해서 불편한 마음을 가지고 살아가지만, 정작 해를 끼쳤던 사람들은 그것을 기억하지도 못하고 일상생활을 누리며 살아간다. 그렇다면 대체 누가 더 손해인가?

또한 악을 악으로 갚는다면 그 이후에 우리의 마음은 편할 수 있을까? 만약 악으로 갚는다면 더 큰 악을 불러올 수도 있다. 더욱이 악을 계획하는 우리의 마음도 불안하기만 할 것이다.

그러므로 용서를 하는 것은 당장은 손해를 보는 듯하지만, 자신이 용서를 하고 빨리 그 일을 잊고 행복한 생활을 추구한다면 궁극적으로는 그것이 최상의 문제 해결이 될 수 있다.

방황은
인생의 스토리를
만들기도 한다

인생에서 청춘이 몇 살부터 몇 살까지인지 정해져 있는 것은 아니다. 환갑의 나이여도 인생을 새롭게 시작한다고 한다면 육십 세의 청춘이라 할 수 있다. 아무튼 청춘기라고 하면 방황했던 시절이나 고민과 번민을 안고 살았고 이유도 없이 반항하고 싶었던 시절을 쉽게 떠올리게 된다. 사춘기 때는 부모와 사사건건 의견 충돌을 하고, 이성에 눈을 뜨지만 짝사랑에 괴로워하고, 대학생 때는 아직은 학생이어서 사회에서 받아들여지지 않고, 졸업하고 나면 사회에서 자신의 자리를 찾기 위해 고군분투하면서 청춘은 더욱 방황을 겪게 된다. 그러나 신입 사원이 되어도 이전에 품었던 높은 이상은 현실에 철저히 무너지면서 서글픔을 겪기도 한다. 그렇다면 청춘은 정말로 아프기만 한 것일까?

그러나 이 모든 것은 받아들이기 나름이 아닐까 싶다. 청춘은 가장 활력이 넘칠 때이고 도전해도 그 도전이 가장 아름답고 순수할 때라 할 수 있다. 차라리 좌절하고 아파하기보다는 남에게 쉽사리 업신여김을 받지 않도록 자신의 청춘시기를 갈고닦는 데 매진하는 것이 좋은 결과를 얻는 지름길일 것이다.

> 아무도 당신의 젊음을 얕보지 못하게 하십시오. 오히려 말과 행실과 사랑과 믿음과 순결에서 충실한 사람들에게 모범이 되십시오(디모데전서 4:12).
>
> Let no man ever look down on your youth. On the contrary, become an example to the faithful ones in speaking, in conduct, in love, in faith, in chasteness.(1 Timothy 4:12)

이 성언처럼 사람들이 젊다고 무시하지 않도록 노력해 보자. 인생의 목표를 정하고 도달하기 위해서 한 걸음씩 내딛는 것은 어떤가? 공부를 잘한다고 인생에서 반드시 성공하는 것은 아니다. 이제는 자신만의 특성과 기술을 갖고 있으면 대우 받는 시대가 되었다. 만약 스포츠나 미술 또는 음악에 재능을 갖고 있다면, 그 분야

그냥 피어 있는 꽃은 없습니다

에 매진해 성공하면
된다. 다만, 무엇을 하
더라도 다독(꾸준히 책
을 읽음)의 습관은 버리
지 말자! 성공하는 사
람들의 공통점을 살펴
보면 책을 손에서 놓
지 않았다는 점이다. 또

한 자신이 좋아하는 적성을 찾았다면 거기에 한번 미쳐보는 것이
어떨까? 몇 년 전 빵을 만드는 데 빠져 자신의 청춘의 모든 정열을
제빵에 불사르는 드라마가 무척 인기를 끌었다. 어떤 일에 미쳐 정
열을 불사르면 좋은 성과를 내게 되고 그러면 주위 사람이 주목하
게 된다.

이러한 것들을 숙고하고 그것들에 열중하십시오. 그리하여
그대의 진보가 모든 사람들에게 나타나게 하십시오(디모데전서
4:15).

Ponder over these things, be absorbed in them, that your advancement
may be manifest to all persons.(1 Timothy 4:15)

만약 이 성언을 실천한다면 언젠가는 아픈 청춘 시절을 무사히 보내고 놀랄 만큼 크게 성장해 있는 자신을 만나게 될 것이다.

그냥 피어 있는 꽃은 없습니다

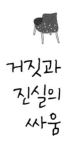

거짓과
진실의
싸움

알렉이라는 사람이 있다. 그는 할리우드의 유명한 M영화사
에서 배우들에게 대본을 읽게 하고 외우도록 훈련시키는 일을 했
었다.

그는 자신의 직업을 무척 사랑했다. 탐 크루즈Tom Cruise, 줄리
아 로버츠Julia Roberts와 같은 굴지의 배우들과 함께 일하면서 나
름대로 자부심도 갖고 있었다. 그런데 어느 날부터 문제가 생기
기 시작했다. 그는 배우들의 무거운 대본 가방을 들어 주고 그들
이 대본을 읽는 책상과 의자도 옮겨 주는 일도 마다하지 않았는데,
20여 년의 세월이 흐르면서 척추에 무리가 가서 이상이 생기는 바

람에 일을 할 수 없게 되었다. 그리고 마침내 해고를 당했다. 그는 앞날이 막막해지면서 화가 나기 시작했다. '그렇게 충성을 바쳐 일을 했는데 한순간에 이렇게 쓸모없는 존재로 취급하고 내팽개치다니……'라는 생각에 사로잡힌 것이다.

그는 "이것을 산업재해로 간주하고 보험금이라도 얻어야 한다"는 친구의 말을 듣고는 관련 법을 열심히 알아보았다. 그리고 소송을 했지만, 그의 척추 이상이 일로 인한 것이라는 사실을 증명하기가 쉽지 않았다. 결국 변호사 비용만 날리고, 마음속에는 불만이 잔뜩 쌓였지만 풀 길이 없었다. 더욱이 남에게 화도 잘 내지 못하는 성격이어서 울분이 가슴에 차곡차곡 쌓여 갔다. 이로 인해 그는 삶이 우울하고 마르고 머리카락이 빠질 정도였다.

나는 LA에서 통역 일을 도와주면서 어떤 사람을 만나게 되었다. 그는 회사를 인수할 계획을 갖고 있었는데, 중개업자와 회사의 사장 말만 믿고 그 회사를 거금을 지불하고 인수했다. 그런데 사기를 당했다는 사실을 알게 되었다. 그 회사는 부도가 나 문을 닫은 사업체였던 것이다. 자금을 돌려 달라고 아무리 애원해도 회사의 사장은 이미 계약을 마치지 않았느냐고 하면서 어깃장을 놓았다. 그는 어쩔 수 없이 법으로 해결하기 위해 상대 사장에게 소송을 했고, 이 과정에서 법정에서 통역을 도와 줄 사람을 구했는데 그것이

그냥 피어 있는 꽃은 없습니다

바로 나였다.

이렇게 본의 아니게 형사나 민사 소송 등 법정 싸움에 휘말려 드는 사람이 많다. 형사, 민사 소송과 같은 법정 싸움이 아니더라도 살다보면 우리는 자신의 뜻과는 상관없이 안 좋은 싸움에 휘말려 들곤 한다. 예를 들면 사소한 오해로 인한 시댁 식구들과의 감정싸움, 직장에서 승진을 위한 치열한 경쟁 등등.

물론 싸움이 전부 나쁜 것은 아니다. 선의의 경쟁은 오히려 서로를 발전하게 하는 자극제가 된다. 한 친구는 이렇게 말했다.

"난 스터디 모임에 소속 되어 있었는데 회장이 되고 싶었어요. 그래서 후보인 친구와 구성원들에게 더 신임을 얻으려고 보이지 않는 경쟁을 했죠. 그때는 몹시 힘들고 지치기도 했지만 지나고 보니 나의 특성을 더 갈고닦아 남들에게 잘 보이기 위해 노력하다 보니 얻은 게 많았던 것 같아요."

이와 같이 긍정적인 싸움도 있다. 그러나 앞에서 언급했던 두 사례처럼 본의 아니게 법정 싸움에 휘말리면 문제는 달라진다. 몇 년이 걸릴 지도 알 수 없고, 그간의 마음고생도 이루 말할 수 없다. 만약 자신의 의사와 상관없이 싸움에 휘말렸고 지고 싶지 않은 상황에 놓여 있다면 다음의 성언이 힘이 되어 줄 것이다.

조르주 피에르 쇠라

양산을 쓴 여인
Woman with Umbrella

1884년
유화 캔버스에 유채
25×16cm
뷔를레 컬렉션 소장

여호와께서 당신 앞에서 진군하십니다. 그분은 계속 당신과 함께하실 것입니다. 그분은 당신을 버리지도 떠나지고 않으실 것입니다. 두려워하거나 겁내지 마십시오(신명기 31:8).

어떤 싸움이든 전장에서는 가장 힘세고 가장 용맹스런 장수가 맨 앞에서 진군하며 나머지 사람들을 지휘하는 것을 볼 수 있다. 《삼국지》를 보면 관우 장군이 가장 용감하고 힘이 있었으므로 항상 먼저 뛰어 들고 적군 대장을 포로로 사로잡았다.

그런데 인간을 초월한 능력을 지니신 우주의 절대 주권자가 우리보다 앞에서 진군해 주시겠다고 약속을 하시니 이 얼마나 안심이 되는 일인가!

"이 싸움은 너희 것이 아니라 하나님의 것이다"(역대하 20:15)라는 성언도 있는데, 착하게 살려고 애쓰는 사람이 시비를 거는 사람들 때문에 희생될 수는 없는 일이다. 결과가 어찌 되든 싸워야 하고 어디에선가 힘을 얻어야 한다.

그러나 여호와 하나님께서는 무시무시한 용사처럼 저와 함께 계셨습니다(예레미야 20:11).

그분은 우리가 억울한 싸움을 하고 있다는 것을 알고 계시며 같이 있어 주겠다고 약속하셨다. 이러한 약속을 믿고 고독한 투쟁이라고 생각하며 비참해지지 않도록 하자. 무엇보다도 하나님은 정의의 하나님이시다. "반석, 그분의 활동은 완전하다 그분의 모든 길은 공의이므로"(신명기 32:4)라는 성언처럼 공의의 하나님이 반드시 진실을 가진 사람의 편을 들어 주신다는 사실을 믿어 보자. 진실은 반드시 승리한다!

죽음은 미래에 다시 만날 희망이다

"안녕하세요, 좋은 하루예요!"

"별로요…… 내 아내가 아픈데 뭐 좋은 하루가 있을 수 있겠소?"

이것이 수와소 할아버지와의 첫 만남이었다.

골목을 지나가다 인사를 드렸는데 우울해보이기에 이유를 물어보니 함께 아내의 항암 치료를 받으러 병원에 갔다가 돌아오는 길이라고 대답하셨다. 그러나 "어느 거주자도 내가 아프다고 말하는 이가 없을 것이다"(이사야 33:24)라는 예언의 약속을 알려 드렸더니 나를 집에 초대하셨다. 소파에 힘없이 누워 있는 낸시 부인이 보였다. 안쓰러운 마음이 들어 일주일에 두 번씩 방문하여 할아버지와 할머니에게 책을 읽어 드렸고, 두 분은 행복한 미소를 머금고 그 내용을 듣곤 하셨다. 그 후 2년의 세월이 지난 어느 날, 할아버지는 할머니가 갑자기 고향에 여행을 가고 싶어 하니 함께 다녀오겠다고 하셨다. 나는 잘 다녀오시라고 두 분에게 인사했다. 그러나 그때가 할머니를 마지막으로 보는 것이라는 사실을 꿈에도 몰랐다. 할아버지는 고향에서 숨을 거둔 아내를 묻고 초췌한 모습으로 돌아오셨다. 그때의 심정은 정말 말로는 형언할 길이 없다.

미국 이민사회에서 내 아버지와도 같은 분이 있었다. 그는 내가 알래스카로 이주했을 때 고추장이며 미역을 부쳐 주셨고, 외로울 때 전화를 걸면 언제나 "이게 누구야! 박양, 반가워요"라고 따뜻하게 대해 주었다. 세월이 지나 한국에 귀국한 지 몇 달 안 된 어느 날 친구에게 국제 전화를 걸었다. 여러 가지 이야기를 나누던 중 친구가 갑자기 이렇게 말했다.

"이거 말하지 않으려 했는데, 너 듣고서 충격 받으면 안 된다. 박 씨 아저씨 돌아가셨어."

"뭐! 뭐라구?"

나는 너무나 놀랐다. 박 씨 아저씨는 차에서 내려 길을 건너 커피를 사서 차로 돌아오는 데 그만 빗길에 미끄러졌고 미처 그것을 보지 못한 뒷차가 아저씨를 치었다고 한다. 순간 나는 믿어지지가

않아 눈물조차 나지 않았다. 밤새도록 잠을 이루지 못하고 의부와
도 같았던 박 씨 아저씨를 생각했다. 그다음 날은 머리를 감싸 쥐
고 조용히 눈물을 흘리는 내 자신을 발견했다. 주위의 누군가가 없
어진다는 것은 값진 물건을 모두 도둑맞은 것과는 전혀 차원이 다
른 강도가 높은 고통과 텅 빈 공허감이 밀려온다. 그리고 어느 누
가 위로를 해 주어도 잘 들리지 않는 순간이 있다.

그러나 우리에게 정말 소중한 위로의 존재가 있다. 바로 성언에
서 말씀하시는 분이다.

우리 하나님 아버지, 부드러운 자비의 아버지, 모든 위로의
하나님은 찬송받으시기를 빕니다. 그분은 우리의 모든 환난
중에서 우리를 위로해 주십니다. 그리하여 우리 자신이 하나
님께 위로받는 그 위로를 통해 우리도 어떠한 환난 중에 있는
사람이든지 위로할 수 있게 하십니다(고린도후서 1:3~4).

Blessed be the God and Father, the father of tender mercies and the
God of all comfort, who comforts us in all our tribulation, that we may
comfort those in any sort of tribulation through the comfort with which
we ourselves are being comforted by God.(2 corinthians 1:3~4)

이 성언을 읽는 동안 마음속에서 하얀 치료의 손이 마음을 어루

만져 주는 느낌을 받았다. 그 많은 고통이 덜어지는 느낌이었다. 잠시의 위로가 아니라, '엘리야, 엘리사, 베드로, 예수는 죽은 사람도 부활시키는 기적을 일으켰고 많은 증인이 보고 있었다'는 다음의 기록을 보면 더 강력한 위로를 얻을 것이다.

> 놀라지 마십시오. 기념 무덤에 있는 모든 사람이 그의 음성을 듣고 나올 시간이 오고 있기 때문입니다. 선한 일을 행한 사람들은 생명의 부활에, 사악한 일을 행한 사람들은 심판의 부활에 이를 것입니다(요한복음 5:28~29).
>
> Do not marvel at this, because the hour is coming in which all those in the memorial tombs will hear his voice and come out, those who did good things to a resurrection of life, those who practiced vile things to a resurrection of judgment.(John 5:28~29)

그렇다면 얼마나 다행인가? 죽음은 우리를 잠시 갈라놓을 뿐 다시 미래에 만날 수 있다는 것을 상상해 보자. 혹시 아이를 유산으로 잃었거나, 남편과 일찍 이별을 했거나, 사랑하는 가족을 일찍 잃었다면 이제는 눈물을 거두고 희망의 눈으로 앞을 바라보고 전진하자. 어머니는 부활의 희망을 알게 되자 늘 입버릇처럼 말씀하셨다.

"나는 아버지가 제일 먼저 보고 싶어."

어머니의 아버지, 나의 외할아버지는 어머니가 아직 철이 들기도 전에 병으로 갑자기 돌아가셨다. 본인이 의사셨기에 주위 사람들은 더욱 놀랐다고 한다. 사람들 말에 의하면, 외할아버지는 자신의 몸도 돌보지 않고 가난하고 아픈 사람은 무료 진료까지 해 주는 등 과로를 하셨다고 한다. 그 와중에 외할아버지는 장티푸스 예방 주사를 맞고 면역을 견디지 못하고 쓰러지셨다는 것이다. 외할아버지는 병이 나은 사람이 고마움의 표시로 소 한 마리를 가져왔을 때 며칠 동안 푹 삶아 환자들에게 모두 먹이셨다고 한다. (가난한 사람을 무료로 돌볼 진료소를 세우는 게 외할어버지의 꿈이셨다.) 어머니는 "아버지가 보고 싶다"라고 말씀하실 때 눈에서 빛을 내며 강한 희망을 가지셨다.

그렇다면 다음의 성언처럼 우리도 우울함이 아닌 다시 만날 희망에 삶이 달라질 것이다.

나는 하나님께 향한 희망을 가지고 있습니다. 그 희망은 의로운 사람들과 불의의 사람들의 부활이 있으리라는 것입니다(사도행전 24:15).

I have hope toward God, which hope that there is going to be a resurrection of both the righteous and the unrighteous.(acts 24:15)

❦

제4장

사랑에 빠진 나

: 사랑의 꽃을 피우다

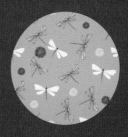

인내는
부부간의 사랑을
꽃피운다

하버드 대학교의 한 연구 조사에 따르면, 800명에게 질문 조사를 한 결과 늙어 가면서 행복의 첫째 요소로 꼽힌 것이 '안정적인 결혼생활'로 나타났다. 이를 통해 행복한 결혼생활이 곧 개인의 행복과 연결되고 있음을 알 수 있다. 그런데 금실이 좋은 부부조차도 이런 말을 한다.

"사소한 말다툼이 없지는 않아요, 그리고 또 그게 서로 살아간다는 표시지요."

사실 몇십 년 동안 서로 다른 배경에서 살아온 두 사람이 만났는데 어떻게 의견 차이가 전혀 없을 수 있겠는가?

찢을 때가 있고 꿰맬 때가 있으며, 침묵을 지킬 때가 있고 말할 때가 있다. 사랑할 때가 있고 미워질 때가 있으며(전도서 3:7~8).

A time to rip apart and a time to sew together, a time to keep quiet and a time to speak; a time to love and a time to hate.(Eccleslastes 3:7~8)

우리 삶에는 이렇게 다양한 모습이 존재한다는 사실을 받아 들여야 한다. 그러나 말다툼이 지나치게 잦다면 자신이 하는 말이 상대방의 마음을 다치게 하고 있는 것은 아닌지 한 번 돌아볼 필요가 있다. 한번은 한 부부가 경영하는 식당에 점심을 먹으러 들어갔다. 그런데 부부가 함께 식사를 차려 주면서 서로에게 얼마나 깍듯하게 대하는지 정말 놀라웠다. 남편은 점심시간 그 바쁜 와중에도 부인에게 "여보! 이거 좀 치워 주시겠어요?"라고 존댓말로 부탁하는 것이었다.

상대방을 존경하고 배려하는 말은 다툼이 일어날 가능성을 줄여 준다. "즐거움을 주는 말은 꿀송이라서 영혼에 달콤하고 뼈를 낫게 한다"(잠언 16:24)라는 격언처럼 우리가 말만 부드럽게 잘 해도 사실 부부, 가족, 혹은 직장 동료와의 관계를 얼마든지 좋게 할 수 있다. 심지어 "혀를 제어하는 사람은 완벽하게 될 수 있다"라는 성언이 있다. 좋은 부부 관계를 위해 다음과 같은 성언보다 더 좋은 조언은 없을 것이다.

> 사랑은 오래 참고 친절합니다. 사랑은 질투하지 않고, 뽐내
> 지 않고, 우쭐대지 않고, 무례하게 행동하지 않고, 자기 자신
> 의 이익을 구하지 않고, 성내지 않고, 해를 입은 것을 유념해
> 두지 않습니다. 불의를 기뻐하지 않고, 진리와 함께 기뻐합니
> 다. 모든 것을 참고, 모든 것을 믿고, 모든 것을 바라고, 모든
> 것을 인내합니다(고린도전서 13:4~7).

> Love is long-suffering and kind. Love is not jealous, it does not brag,
> does not get puffed up, does not behave indecently, does not look for
> its own interests, does not become provoked. It does not keep account
> of the injury. It does not rejoice over unrighteousness, but rejoices with
> the truth. It bears all things, believes all things, hope all things, endures
> all things.(1 Corinthians 13:4~7)

이 성언은 너무나 유명해서 아마 모르는 사람이 거의 없을 것이
다. 사랑을 표현하는 이 성언에 참는다는 말이 세 번 나온다. (오래)
참고, (모든 것) 참고, (모든 것) 인내한다. 우리나라 격언에 참을 인忍
이 세 개면 죽이는 것도 면한다는 말도 있듯이, 사랑에서도 인내의
중요성을 거듭 강조하고 있다. 아내는 질투하지 말아야 하며, 또 해
를 입은 것을 기억해 두었다가 반복적으로 그것을 질타하는 일을

자제해야 한다. 남편은 성내거나 자신이 가장으로서 우쭐대는 태도는 자제해야 한다. 무엇보다 서로의 사소한 잘못을 참아주고 인내하는 것만큼 좋은 것은 없다.

가정생활 연구가인 존 가트만John M. Gottman 박사는 행복한 결혼생활의 비법을 다음과 같이 네 가지를 꼽았다.

말다툼이 생기면 일단 냉각기를 가져라.
지속적인 사랑을 표현하라.
먼저 주라.
상대방의 가치를 인식하고 존중하라.

가트만 박사는 남자는 흥분하면 화를 가라앉히는 데 30분이 소요되므로 서로 감정이 고조될 때 반 시간 이상의 냉각기를 가진 후 말을 하라고 조언한다. 두 번째로는 사랑을 마치 운동선수가 연습을 하듯이 지속적으로 하라고 말한다. 남편이 아내의 손을 잡고 (혹은 포옹

그냥 피어 있는 꽃은 없습니다

하며) "너무 고마워 (혹은 사랑해)" 하는 말을 해 주는 것은 놀랍게도 5캐럿 다이아몬드와 같은 효과를 지닌다고 한다. 세 번째로는 먼저 주라고 조언한다. 이것은 "주는 것이 받는 것보다 행복하다"(사도행전 20:35)라는 성언과 일치한다. 네 번째로는 상대방의 가치를 인식하고 존중하는 것이다. 일례로 어느 고고학 박사가 아프리카에 갔을 때 10달러를 주고 사 온 돌을 집에서 갈고 닦고 보았더니 그 속에서 10캐럿짜리 다이아몬드가 나왔다는 실화가 있다. 이처럼 상대의 가치를 알아주고 갈고 닦는다면 배우자의 가치는 다이아몬드보다 더 귀한 것으로 자신의 인생에 빛을 비추어 주게 될 것이다.

오늘부터 당장 집에 가면 "여보 수고가 많지 고마워" 혹은 "당신에게 늘 고마워. 내가 얼마나 사랑하는지 알지"라고 말해 보자. 잠시 닭살이 돈다 해도 5캐럿짜리 다이아몬드를 주는 효과가 있다고 하는데 그 정도는 참을 수 있지 않겠는가.

사랑은
허다한 차이를
덮는다

"우리 남편은 두 얼굴의 사나이 같아. 변해도 너무 변했어!"

선배 언니가 이야기하면서 한숨을 푹 쉬었다. 아주 오래전에 〈두 얼굴의 사나이〉라는 드라마가 있었다. 평소에는 평범한 남자인데 일단 화가 나면 눈동자가 변하고 몸이 거구로 변해 괴력의 남자로 변하는 내용이었다.

그리고 다음은 내 한 친구의 이야기다.

친구의 남편이 어느 날 물었다. "아니 이게 도대체 뭔데 이렇게 매달 카드값으로 빠져 나가는 거지?"

이에 친구는 사실대로 고백해야 했다. 성형 수술을 한 비용이었는데 금액이 너무 커서 남편에게는 비밀로 하고 있었던 것이다. 거기에 살을 빼려고 먹는 특수 음료수 비용과 다이어트 클럽 비용 등이 아직 남아 있었다.

다음은 드라마에서도 자주 등장하는 대화 내용이다.

"남들은 그 나이에 벌써 부장이 되어서 보란 듯이 강남에 아파트를 샀는데 말이지." "아니 당신은 이날 이때까지 코트를 하나 사 주었나요, 아님 보석 반지를 하나 해 줘 봤어요?"

많은 아내가 잘나가는 사람과 자신의 남편을 비교하는 말을 남편 앞에서 내뱉는다.

남편이 바뀌었다고 말하기 전에 혹시 자신이 남편에게 대하는 태도는 신혼 초와 어떻게 달라졌는지 아내들도 한번쯤 돌아볼 필요가 있다.

물론 이제 아줌마가 되었다고 옷은 신경도 쓰지 않고, 머리는 헝클어진 채로 귀가하는 남편을 맞이하는 것도 문제는 있다. 그러나 앞의 경우처럼 온화한 영과 겸허함으로 내면을 가꾸는 것이 아니라 지나치게 최신 미용과 성형 수술에 돈을 낭비하는 경우 그것은 자칫 잘못하면 중독이 될 수도 있다.

또 밖에서 일하는 가장은 밖에서 엄청난 스트레스를 받을 때가 많다. 승진에서 밀려나거나 사업이 잘 풀리지 않을 때 느끼는 좌절감도 매우 클 것이다. 그럴 때 비교하기보다는 감싸 주는 편이 훨

조르주 피에르 쇠라

베생의 문, 외항, 밀물(칼바도스)
Port en Bessin, avant-port, marée haute(Calvados)

1888년
유화 캔버스에 유채
67×82cm
오르세 미술관 소장

씬 현명하고 미래를 위해 바람직하다.

남편을 존중하라고 성언에도 언급되어 있다.

아내들은 주께 하듯 자기 남편에게 복종하십시오. 남편은 아내의 머리이기 때문입니다(에베소서 5:22~23).

Let wives be in subjection to their husbands as to the Lord, because a husband is head of his wife.(Ephesians 5:22~23)

이 성언을 실천하기는 쉽지 않다. 특히 남편이 권위만 내세울 때는 복종하기 더욱 어려운 것이 사실이다. 그러나 조금씩 노력한다면 주는 게 있으면 받는 것이 생기기 마련이듯이 언젠가 다시 남편이 보호해 주고 사랑해 줄 날이 올 것이다. 우리로 하여금 남편과의 불화나 언쟁을 줄일 수 있도록 이끌어 주는 성언이 있다.

무엇보다도 서로 열렬히 사랑하십시오. 사랑은 허다한 죄를 덮기 때문입니다(베드로전서 4:8).

Above all things, have intense love for one another, because love covers a multitude of sins.(1 Peter 4:8)

부인을
왕비로 만들면
자신은
왕이 될 수 있다

직장 상사가 한숨을 지으며 이렇게 말했다. "내 와이프가 요새 너무 짜증을 잘 내고 조그만 일에도 너무 민감해."

또 반대의 경우도 몇 가지 있다.

내 한 친구의 이야기다. 친구는 대학을 졸업하고 자신이 꿈꾸던 항공사의 승무원이 되었다. 그러던 어느 날 자신이 어렸을 때부터 알던 엄마 친구의 아들과 결혼하게 되었다고 했다. 신랑 될 사람은 의사였는데 결혼을 하면서 내 친구에게 "이제 승무원은 그만둬. 자기가 힘들잖아. 돈은 내가 벌면 되니까"라고 말했다고 한다. 그런데 승무원인 친구 덕에 몇 번 공짜로 비행기를 이용하더니 "당신 그만두지 말고 좀 오래 일할 생각해. 그리고 돈도 둘이 벌면 더 좋지 뭐"라고 말이 바뀌었다고 한다.

다른 경우를 보자. 버스 안에서 들은 라디오 프로그램에 방송된 사연이다.

한 남자는 부인과 함께 부인의 옷을 사기 위해 옷가게에 들어갔는데 옷들이 전부 작은 사이즈만 있고 8사이즈(XL)가 없었다. 그래서 부인의 손을 이끌고 데리고 나오면서 이렇게 말했다. "여보 여기는 당신 같은 뚱땡이 아줌마들을 위한 곳이 아닌가봐. 날씬한 미스들이 오는 곳인가봐."

맞벌이를 하는 부부가 점점 늘어나면서 일하는 여성의 수가 많이 증가했다. 한 연구 조사에 따르면, 가정과 직업을 동시에 가진 여성들의 노동량을 임금으로 따지면 상당하다고 한다. 남편은 집에 귀가하면 쉴 수도 있지만 부인은 밖에서 일하다 돌아와도 집안일이 또 남아 있다. 밖에서는 직업인으로, 집에서는 주부이자 엄마이자 아내로서의 책임을 다해야 하니 가정과 직업을 동시에 가진 여성들은 슈퍼우먼이 되지 않을 수 없다.

누가 유능한 아내를 얻을 수 있을까? 그 가치는 산호보다 훨씬 더 귀하구나(잠언 31:10).

A capable wife who can find? Her value is far more than that of corals.

성언에도 언급되어 있듯이 남편들은 모두 집에 귀한 보석을 갖고 있는 거나 마찬가지다.

첫 번째 경우는 돈을 벌어 오라고 은근히 압력을 넣기보다는 "당신 일하느라 정말 수고가 많지"라고 일하는 아내의 가치를 인정해 주는 것이 어떨까.

두 번째 경우는 여자들은 사소한 말에도 마음의 상처를 입는다는 사실을 알아주자. 남은 음식이 버리기 아까워 먹어 치우고, 혹은 아기를 낳아서 몸이 뚱뚱해진 것일 수 있다. 아무튼 그 뚱땡이 아줌마 소리를 들은 부인이 살과의 전쟁을 벌이면서 저녁을 하지 않을 때가 많아서 결국 남편이 먹을 것이 없어 곤란했다는 후기이다. 적절히 칭찬하는 말은 금사과보다 더 가치가 있다고 하는 성언이 있다.

적절한 때에 한 말은 은 쟁반의 금사과와도 같다(잠언 25:11).

As apples of gold in silver carvings is a word spoken at the right time for it.(Proverb 25:11)

여자는 산후 우울증, 갱년기 우울증 등 우울증에 시달릴 확률도 크므로 남편이 금사과 같은 말을 해 주는 것은 가정의 화목을 유지하는 데 큰 도움이 될 수 있다.

가정생활 연구가인 가트만은 남편은 다음의 세 가지를 피하라고 조언했다.

> 대화 없이 결정하는 것
> 자신의 일에만 너무 몰두하는 것
> (세세한 것까지) 자신의 방식을 고집하는 것

"여러분 각각 자기를 사랑하듯 자기 아내를 사랑하십시오"(에베소 5:33)라는 성언을 실천해 보자. 자신을 사랑하듯 사랑하라고 말하고 있다. 자신만 고급음식점에 출입하고 골프 치러 다니고 술집에서 어울릴 때라도 집에 있는 부인을 한 번쯤 생각해 보자. 자신이 먼저 실천한다면 부인은 예전의 상냥하고 아름다운 아내로 돌아와 있을 것이다. 그렇게 부인을 사랑하는 것은 결국 자신을 사랑하는 것이니 손해 볼 일이 없다. 자신의 반쪽을 아끼고 소중히 여기는 데 나머지 반쪽인 남편이 어찌 윤이 나지 않겠는가.

자기 아내를 사랑하는 사람은 자기 자신을 사랑하는 것입니다
(에베소서 5:28 후반).

He who loves his wife loves himself.(last part of Ephesians 5:28)

사랑은 결코 실패하지 않는다

실연의 아픔과 짝사랑의 아픔 중에서 어느 것이 아픔의 정도가 더 심할까? 이 물음에 대한 정답이 있을까? 만약 정답이 있다면 겪어 본 사람은 '자신의 아픔이 제일 크다'일 것이다.

내가 대학교 3학년 때의 일이다. 그 사람이 갑자기 차를 사줄 테니 같이 가자고 했고, 가면서 "내가 이제부터 부탁하는 것을 들어 줘야 해"라고 쑥스러운 듯이 말했다. 일주일 전 일요일에 스터디 모임에서 다 함께 롤러 스케이트장을 갔을 때 그는 갑자기 내 손을 잡고 달리기도 했고 다른 좌석도 있는데 꼭 내 옆에 와서 앉는 등 (그는 같은 스터디 모임의 회원이었다) 나에게 호감을 표시했었다. '그런

데 뭘 부탁하겠다는 거지?' 하고 나는 궁금해지기 시작했다.

그는 망설이면서 말을 꺼냈다. "나 사실 언제부터인가 네가 특별하게 느껴지기 시작했어."

그런데 그 순간 찻잔을 들고 있던 나는 너무 당황하여 잔을 놓쳐 차가 쏟아지는 바람에 코트 앞부분이 다 젖어 버리고 말았다. 다음 순간 그가 손수건을 꺼내더니 나의 코트를 정성껏 닦아 주는 것이었다. 어이없게도 이 순간을 계기로 나는 이상한 감정에 빠져들고 말았다. 영화에서 보면 어느 남성이 바람을 타고 여성의 눈에 들어간 잡티를 빼 주다가 사랑에 빠지는 내용을 보면 '참 희한도 하군' 이라는 생각밖에 들지 않았었던 나였다.

우리는 스터디 모임 때면 서로에게 말 한마디 못하고 얼굴을 붉히고 마주보고 앉곤 했다. 그런데 얼마 되지 않아 잘생긴 그를 죽자 살자 쫓아다니는 여자 후배가 생겼고, 그녀는 수강신청도 그와 똑같은 과목을 신청해 그의 옆에 가서 수업을 듣곤 했다. 여자 후

그냥 피어 있는 꽃은 없습니다

배가 얼마나 쫓아다녔는지 곧 그와 여자 후배는 캠퍼스 커플이라는 소문이 나돌기 시작했다.

나는 그 소문에 매우 낙담하고 말았다.

그 후 그는 나에게 뭔가 말하려고 몇 번 다가왔으나 그럴 때마다 나는 계속 그를 피했다. 그리고 나는 곧 졸업을 했다. 그러나 그 감정은 그 후에도 몇 년 동안 사라지지 않았다. 때로는 그가 그립기도 했고, 때로는 속상하기도 했다.

돌이켜보면 이것이 이루어지지 못한 철부지 첫사랑이었나 보다. 혹자는 우리가 사귀어 보지도 않았으니 사랑은 아니라고 말해 주었다.

아무튼 이루어지지 못할 사랑 때문에 가슴 아픈 적이 있는가? 차여서 아직도 가슴이 쓰라린가? 아니면 누군가를 좋아했는데 상대는 반응이 없어서 잠도 이루지 못하는가?

다음은 내 친구의 이야기다.

친구는 뉴욕에 왔다가 자신을 안내해 주던 모임의 한 청년에게 첫눈에 반했다. (사실 인상보다는 하는 태도가 맘에 들었다고 한다.) 그녀는 일본에 돌아가서 계속 편지를 했다. 남자는 사실 내 친구의 첫인상에서 아무것도 느끼지 못했다고 나중에 고백했다. 다만 편지를 보내오니 어쩔 수 없이 몇 번 답장을 해 주었다고 한다. 그러던 어느 날 내 친구는 그를 만나기 위해 뉴욕에 다시 왔다. 그가 보고

싶었고 무엇보다 정식으로 그가 어떤 의사를 가지고 있는지 확인
해 보고 싶었던 것이다. 내 친구를 만난 청년은 내 친구에게 거절
하는 내용의 말을 했다. 그때 내 친구는 엉엉 울며 나에게 "죽어 버
리고 싶어"라고 말하며 계속 울었다.

누구에게나 실연의 슬픔은 너무나 크다. 아니, 그녀의 짝사랑의
아픔이었다고 하는 것이 더 맞는 표현일까?

이렇게 사랑 때문에 아파하는 사람들을 위한 멋있는 성언이 있다.

> 사랑은 결코 없어지지 않습니다(실패하지 않습니다)(고린도전서
> 13:8).
>
> Love never fails.(1 Corinthians 13:8)

나는 비록 사랑의 결실을 맺지는 못했지만, 그 철부지 사랑이 너
무나 소중하게 가슴에 남아 있다. 서로 말도 제대로 못하고 눈만
마주쳐도 얼굴이 붉어지곤 했던 그 순수했던 순간들이 소중한 추
억으로 마음속에 아직까지도 남아 있는 것이다.

내 친구는 현재 그 남자와 결혼해서 잘 살고 있다. 그 남자는 내
친구를 돌려보낸 뒤 갑자기 뭐라고 말할 수 없는 연민의 감정과 후
회가 밀려들었다고 한다. 그다음 날 그는 마음의 상심으로 인해 식

그냥 피어 있는 꽃은 없습니다

사도 하지 못할 정도였다고 주변 사람들이 알려 주었다. 그런 그에게 그녀의 전화가 걸려 오고(실은 내가 친구에게 전화해 보라고 시킨 것이다), 그는 다시 그녀를 만나게 되었던 것이다.

우리는 사랑에 성공할 수도 그렇지 못할 수도 있다. 그러나 중요한 사실은 "사랑은 결코 실패하지 않는다"라는 것이다. 실패했다 하더라도 아름다운 추억을 영원히 가슴에 남겨 놓기 때문이다.

지혜로운 부모는 자녀에게 지혜를 얻게 한다

"속상해 죽겠다. 막내가 의대를 졸업했으면 좋으련만."

외삼촌이 말했다. 내 친척 중에는 의사가 많은데, 그중에서 본인도 의사인 외삼촌은 딸 둘과 아들 하나를 두었는데 소원대로 모두 의과대학을 보냈다. 그러나 두 딸은 의과대학을 졸업했지만 막내 아들이 의과대학 3학년을 마치고 도저히 적성에 맞지 않는다고 하여 도중에 그만두고 다시 건축학과를 들어간 것이다.

이처럼 자식이 원치 않는 학교를 보내고 싶어 하고 자식이 원하지 않지만 자신의 마음에 드는 배우자와 결혼시키고 싶어 하는 부모가 많다. 그런데 성언에서는 자식은 하나님으로부터 오는 보배이며 상속재산이라고 말한다. 내 자식이 완전히 나의 소유물이 아닌 잠시 맡겨진 보배라고 상상해 보자. 그러면 그렇게 무리하게 자신의 뜻만 강요하기는 어려울 것이다.

> 그리고 부모 여러분, 여러분의 자녀를 노엽게 하지 말고, 계속 여호와 하나님의 징계와 정신적 규제로 양육하십시오(에베소서 6:4).
>
> And You, fathers, do not be irritating your children, but go on bringing them up in the discipline and mental-regulating of Jehovah.(Ephesians 6:4)

이 성언과 같은 조언이 있다. 자식을 키우는 것은 어렵지 않지만 자식을 잘 키워내는 것은 어려운 일이다. 그러나 진심은 통한다. 진정으로 사랑하고 자식의 앞길이 잘 되기를 바라면서 지원을 아끼지 않는다면 자식도 그러한 부모의 마음을 느끼고 어긋난 길로 가려 하지 않을 것이다. 가장 좋은 것은 부모가 모범을 보여야 한다고 전문가는 말한다. 자신은 온갖 거짓말 다 하면서 자식에게는 항상 진실 되게 살라고 할 수는 없지 않은가! 자신이 모범을 보이며 자식을 최선을 다해서 키운다면 언젠가는 자식의 존경을 받게 될 뿐 아니라 자식을 칭찬하는 다른 사람의 존경도 받는 부모가 되어 있을 것이다.

조르주 피에르 쇠라

검은 매듭
Le Noeud noir

1882년
소묘 연필
31×23cm
루브르 박물관 소장

지혜로운 아들은 아버지를 기쁘게 하고……(잠언 15:20).

A wise son is the one that makes a father rejoice……(proverb 15:20)

이 성언처럼 자식을 잘 교육한다면 아이는 지혜로운 사람으로
성장하고 언젠가는 반드시 자식 때문에 기뻐할 날이 올 것이다.

"이혼, 7초만 생각하자"

　나는 친구의 일로 이혼 법정을 가게 된 적이 있다. 그곳에는 사람들로 넘쳐났는데, 나는 가관을 목격하게 되었다. 부부가 이혼 소송을 하고 있는 와중에 1년도 채 안 된 아기가 엄마 집에서 일주일에 4일을 보내고 아빠 집에서 3일을 보내고 있다는 것이었다. 양육권 분쟁이 아직 끝나지 않아 법원에서 내린 처분인지, 아니면 자신들의 결정인지 자세한 내막은 알 수 없었지만, 그 아이가 크면서 받을 상처를 생각하니 한숨만 나왔다.

　문득 나의 고등학교 친구가 갑자기 생각났다. 그 애는 얼굴에 항상 그늘이 져 있었다. 어느 날 그 애가 학교 앞의 한 주택에서 나오는 모습을 보았다. 손에는 제법 큰 가방을 들고 있었다.

"어 너 어떻게 이 집에서 나오니? 이사 온 거야?"

내가 이렇게 묻자 그 애는 마치 무언가를 들킨 것처럼 안색이 좋지 않았다.

"아니야…… 이 집은…… 사실 엄마 집이야."

자초지종을 물어보니 엄마 집에서 일주일의 반을 보내고 나머지는 아빠 집에서 보내야 한다고 했다. 주위에 이혼이 흔치 않았던 때였으므로 그 상황이 나로서는 이해가 잘 되지 않았다. 왜 아이가 저런 큰 보따리를 가지고 이집 저집을 떠돌게 만드는 것인지 당시에 나는 알 수가 없었다. 그런데 지금 문득 그 친구가 떠오르며 왜 그렇게 항상 어두운 얼굴을 하고 있었는지 이해가 간다.

이혼이라는 극단적인 생각을 하게 된 원인을 차근차근 검토해보자. 이혼을 하려는 이유는 무엇인가? 혹시 새로운 여자 친구(혹은 남자친구) 때문인가? 고대 이스라엘의 기록에서도 남자들은 젊고 예쁜 여자를 맞아들여 함께 살던 아내에게 이혼을 요구하는 장면이 나온다. 그래서 이런 성언까지 있었다.

남편 여러분, 지식을 따라 아내와 계속 함께 살고, 더 약한 그 릇인 여성으로 그를 존중하십시오(베드로전서 3:7).

You husbands, continue dwelling in like manner with them according to knowledge, assigning them honor as to weaker vessel.(1 Peter 3:7)

'감정에 따라'가 아니라 지식을 따라 계속 같이 살라는 표현을 다시 음미해 볼 필요가 있다. 철철 넘치던 연애 감정은 현실에 부닥치고 세월이 가면 식을 수 있는 것이다. "젊은 시절부터 함께한 아내에게 아무도 배신행위를 하지 않도록 하여라"(말라기 2:15 후반)는 성언도 있다.

이혼까지 생각할 정도라면 그 심정이 이해는 된다. 그러나 한 번 더 곰곰이 생각해 본다면 결과는 달라질 수도 있다. 만약 자녀가 있다면 그들의 앞길을 생각해야 하고, 자식이 없다고 해도 대부분의 사람들이 (70퍼센트 이상) 이혼 후에 언젠가는 후회를 한다는 통계를 고려해 볼 필요가 있다.

하나님은 이혼하는 것을 미워한다(말라기 2:16).

For he has hated a divorcing.(Malachi 2:16)

이 성언을 깊이 생각하며 이혼이라는 결정을 내리기 전에 한 번 더 고려해 보자.

그냥 피어 있는 꽃은 없습니다

보이지 않지만
보이는 마음

유학의 붐이 일자 가족을 외국에 보내고 홀로 된 사람들을 주위에서 쉽게 접할 수 있다. 또한 북쪽에 가족을 남겨두고 혼자서 남쪽에 내려왔다가 전쟁이 나는 바람에 이산가족이 된 사람들도 있다. 나도 몇 년간 외국에서 혼자 외롭게 지낸 경험이 있어 그들의 심정을 이해할 수 있다. 얼마 전 모 방송 프로그램에서 피난을 왔다가 홀몸이 된 할머니를 취재했는데 그분이 이렇게 말씀하셨다.

"왜 이렇게 허전한지 몰라. 일을 마치고 집에 왔는데 텅하니 빈 것이 내 마음이 다 텅 비는 것 같아. 세월이 갈수록 더 하네."

그 장면을 보면서 나는 눈물을 흘렸다. 그 할머니의 심정을 나 또한 뼈저리게 느낀 적이 있었기 때문이다. 나도 이국땅에서 집에 들어가기가 무서워지는 순간이 있었다. 멀리서 집이 보이기 시작하는데 갑자기 어깨가 축 처지기 시작하고 한숨이 새어 나왔다. 집에 도착해 문을 열고 들어서는데 정적의 어둠만이 나를 맞아 주고, 외투를 벗고 털썩 주저앉는데 혼자라는 생각이 밀려들자 정말로 뼛속까지 외로웠다. 낮에는 사람들에게 둘러싸여 있지만, 모두 자신의 집에 돌아가고 나도 집에 돌아오면 얘기를 나눌 사람조차도 없는 것이다. 잠잘 때면 늘 고국에 계신 어머니를 생각하며 눈물 속에 잠들곤 했다. 지금은 인터넷 전화나 화상 전화 등이 보편화되었지만, 당시는 드문 시절이었다. 그래서 어쩌다 한 번 국제전화를 하면 끊는 순간이 두렵기까지 했다. 요즘은 아이들을 유학 보냈거나 돈을 벌기 위해 외국에 나가 있는 경우가 많아서 가족을 그리워

하면서 사는 기러기 가족이 매우 많다.

　잠시 사도 바울이 쓴 글을 살펴보자. 바울도 고린도 교인들과 떨어져 있으면서 썼던 기록이 있다.

> 나 자신은 비록 몸으로는 떠나 있으나 영으로 함께 있어서, 마치 내가 거기에 함께 있는 것처럼……(고린도전서 5:3).
>
> I for one, although absent in body but present in spirit…… as if I were present.(1 Corinthians 5:3)

　영으로 '같이 있다'라는 것을 다른 영어 표현으로 'My heart is with you(나의 마음이 당신과 같이 있다)'의 표현과 비슷한 것이라고 설명하고 있다. 우리도 가족과 멀리 떨어져 있더라도 마음만은 함께 있다고 생각해 보자.

어머니는 내가 돌아왔을 때 말씀하셨다.

"난 어쩌다 맛있는 음식이라도 생겼을 때는 너를 생각하곤 했지. 너도 이런 좋은 음식을 먹고 있으면 좋겠다고 말이야. 따뜻한 이불 속에 있어도 너도 이렇게 따뜻한 곳에 있으면 좋겠다고 생각했어. 그리고 친절한 사람을 만났으면 좋겠다, 누군가 너를 도와주고 있 었으면 좋겠다라고 생각했어."

어머니는 늘 딸을 마음속에 두고 끊임없이 생각했던 것이다. 즉, 어머니의 마음은 항상 언제 어디에서든 나와 함께 있었던 것이다. 바울이 그렇게 멀리 떨어져 있어도 서로 기쁨과 같은 감정도 나눌 수 있다고 강조했듯이, 골로새 교인들에게 편지를 쓸 때 다음과 같 이 표현했다.

내가 비록 육으로는 떠나 있지만, 영으로는 여전히 여러분과 함께 있어서, 여러분의 훌륭한 질서와 그리스도에 대한 여러 분의 믿음이 굳건함을 기뻐하면서 바라보고 있습니다(골로새서 2:5).

For though I am absent in the flesh, all the same I am with you in the spirit, rejoicing and beholding your good order and the firmness of your faith toward Christ.(Colossians 2:5)

우리가 비록 현재 잠시 가족과 떨어져 있다 해도 건강하고 행복한 소식을 전해 주면서 서로를 느끼고 위로해 보자. 언젠가 가족과 마음과 몸을 함께할 수 있는 그 날을 꿈꾸면서.

인어 공주도
행복할 수 있다

인어 공주 이야기는 모르는 사람이 없을 것이다. 인어 공주는 자신이 사랑하게 된 왕자를 위해 인간이 되고 싶어 목소리도 희생하는데 왕자는 결국 다른 사랑에 눈이 멀고 슬픔에 찬 인어 공주는 바다로 뛰어든다.

그런데 우리 인간사에도 인어 공주 같은 이야기가 제법 많다.

내가 아는 한 여인의 이야기다. 그녀의 남편은 사법고시를 준비했는데 그녀는 남편을 위해 몇 년 동안 온갖 고생을 하며 생활비를 벌며 뒷바라지했다. 그리고 고생 끝에 남편은 법관이 되었다. 그러던 어느 날, 남편이 조심스럽게 말했다. "당신에게 고백할 것이 있

그냥 피어 있는 꽃은 없습니다

어…… 사실 나 좋아하는 여자가 생겼어."

그녀는 남편의 말에 심한 충격을 받았고, 자신이 무슨 드라마를 보는 듯한 느낌이었다. 드라마에서나 외도하는 남편 때문에 속 썩는 사람들을 보았는데 어떻게 자신에게 그런 일이 일어났는지 도저히 믿기지 않았다. 자신이 얼마나 많은 희생을 했는지 남편은 모르는 것일까? 그녀는 거울에 비치는 처절히 일하느라 꾸미지도 못하고 다 늙어 버린 자신의 얼굴을 물끄러미 바라보았다.

"나는 모든 희생을 하고 이제는 버림당하는 인어 공주인가?"

내 어머니의 친구는 남편을 일찍 떠나보내고 갖은 고생을 하며 외동아들을 키웠다. 그리고 그 외동아들은 S대 치과대학을 우수한 성적으로 졸업하고 개업을 하여 물질적으로 부유하게 되었다. 그러나 아들은 어머니가 마음에 들어 하지 않았던 여성과 결혼했고, 며느리가 된 여자는 시어머니인 그녀를 은근히 무시했다. 외동아들이 계속 자신의 부인 편을 들고 며느리와의 갈등은 깊어가며 십여 년의 세월이 흐른 어느 날 어머니의 친구는 드디어 심장에 이상이 와서 수술까지 받게 되었다. 그녀는 인어 공주가 되고 만 것인가?

우리는 주위에서 직접 혹은 간접적으로 이렇게 인어 공주처럼 희생 뒤에 버림받는 사례를 듣게 된다. 자신들의 거대한 희생에 비해 가족들은 알아주기는커녕 심지어 배반을 함으로써 크게 상처받는다. 그런 사람들을 위한 성언이 있다.

내 아버지와 내 어머니는 나를 버린다 해도, 여호와 하나님께
서는 나를 받아 주실 것입니다(시편 27:10).

In case my own father and own mother did leave me, Even Jehovah
himself would take me up.(psalm 27:10)

내가 가까운 사람에게 버림을 받는 것은 슬프고 마음이 아프지
만, 나를 받아 주는 이가 있기에 위안이 되고 힘이 된다. 그 희생과
값진 노고를 알아주시고 이해해 주시는 분, 그분은 반드시 상응하
는 보상을 언젠가 해 주실 것이다. 왜 꼭 눈에 보이는 존재에만 의
존하는가! 눈에 보이지 않으나 나를 든든히 지켜 주시는 분이 계시
지 않은가? 그 사실만을 잊지 않고 기억하면 된다.

조르주 피에르 쇠라

'그랑드 자트 섬의 일요일 오후'를 위한 습작
Etude pour 'un dimanche après midi à l'île de la Grande Jatte'

1884년
유화 패널에 유채
15.5×25 cm
오르세 미술관 소장

사랑할 때는 반드시 찾아온다

직장 동료였던 친구가 점심시간에 자신의 속내를 털어놓았다.

"서른다섯이 되기 전까지는 짝을 찾는다든가 결혼하는 것에 대해 아무 생각도 없었는데 서른 중반을 넘기고 나니 조바심이 나기 시작했어. 혼기를 놓친 사람들의 이야기도 이제 남의 이야기 같이 들리지도 않고 말이야. 옛날엔 결혼 중매회사를 보면 '어떻게 인연을 인위적으로 만들려고 하나' 하고 우스웠는데 이제는 결혼 중매회사의 광고에 자꾸 눈길이 가고 나도 한번 가 봐야 하는 것은 아닌지 라는 생각이 들어."

그냥 피어 있는 꽃은 없습니다

요즘 심란해하는 그녀는 그 이유를 털어놓은 것이다. 왜 처녀 총각들이 적당한 시기에 결혼을 못하면 앞에 '노' 자를 붙이는지 모르겠다고 투덜거렸다.

잠시 다음의 성언을 살펴보자.

모든 것에는 지정된 때가 있으니, 하늘 아래 모든 일에는 때가 있는 법이다. 태어날 때가 있고 죽을 때가 있으며, 심을 때가 있고 심어진 것을 뽑을 때가 있다(전도서 3:1~2).

For everything there is an appointed time, even a time for every affair under the heavens: a time for birth and a time to die; a time to plant and a time to uproot what was planted.(Ecclesiastes 3:1~2)

이 성언에서 말하는 것처럼 아직 때가 이르지 않았을 뿐이다.

어느 사람에게는 '때'라는 것이 예상치 못하게 일찍 올 수도 있지만, 어느 사람에게는 그 '때'가 늦게 올 수도 있다. 내가 LA에 잠시 살았을 때 이웃집 부인과 이야기를 나눈 적이 있다. 그녀는 루이비통 명품을 만드는 유명회사의 간부로서 능력 있고 아름다우며 세련된 여성이었다. 그런 그녀에게 말 못할 고민이 있었는데, 그것은 바로 결혼할 상대가 나타나지 않은 것이었다.

그녀는 간절하게 열심히 기도를 했음에도 오십이 되도록 상대

는 나타나지 않았다. '내가 도대체 어디가 모자라서…… 돈도 잘 벌고 인물도 남들에게 빠지지 않는다는 소리를 듣고 요리 실력에 스포츠도 잘하는데 왜 남들은 잘도 하는 결혼을 나는 아직도 못하고 있는 거지?'라고 생각하며 거의 포기 지경에 이르렀다고 했다. 그런데 어느 날 그 짝(58세의 한국인 남자)이 남미에서 갑자기 이주를 해서 그녀 앞에 나타난 것이다. 처음에 결혼할 생각이 전혀 없던 남자는 햄버거를 사 달라고 하면서 게걸스럽게 먹는 등 일부러 정 떨어지라고 심한 행동을 했다. 그러나 그녀는 적극적으로 나갔고, 결국 그녀는 꿈만 같았던 소원을 이루게 되었다.

평생 독신을 주장하고 살았던 그 남미에서 온 한인남성은 1년 반 연애 후 환갑이 되어서야 그녀와 결혼했는데 "결혼 후 지금까지의 4년이 내 60평생의 독신 시절보다 더 행복하고 소중하다"라고 고백했다. 그에게도 환갑이 되어서야 '때'가 찾아온 것이다.

얼마 전 텔레비전에서 들은 노래의 가사는 다

그냥 피어 있는 꽃은 없습니다

음과 같다. "우리의 목적은 결혼 아닌 사랑. 죽을 때까지 사랑해요. 결혼을 꿈꾸는 내가 좋아 조금 늦었지만 배로 행복할 테니까 매일 설레요. 사랑은 바보처럼 하고 싶으니까. 모자라지만 착한 사랑." 이 노총각에 대한 노래는 매우 인기를 끌었다. 노총각들에게 크게 공감을 샀기 때문이다.

한편, 우리는 짝을 고를 때 얼굴이나 키 등 조건을 따지지는 않는지 한번 돌아볼 필요가 있다. 조사를 해 보면 남성은 배우자를 고를 때 '외모'를 제일 중요시하여 "얼굴이 우선 예뻐야죠"라고 대답하는 사람이 많다. 또 여성은 배우자를 고를 때 '우선 키가 커야죠'라고 대답하는 경우가 많다.

다음의 성언은 그러한 사람들에게 전하는 메시지다.

그의 용모와 신장을 보지 말라. 내가 그를 버렸기 때문이다. 하나님이 보는 방식은 사람이 보는 방식과 같지 않으니, 사람은 눈에 보이는 것만을 보지만, 하나님은 마음이 어떠한지를 보기 때문이다(사무엘상 16:7).

Do not look at his appearance and at the height of his stature, for I have rejected him. For not the way man sees is the way God sees, because mere man sees what appears to the eyes; but as for Jehovah, he sees what the heart is.(1 Samuel 16:7)

한평생을 같이 살면서 아름다움은 세월이 지나면 스러지지만 고운 마음씨는 영원히 남게 된다. 외적이고 물질적인 조건보다 참된 조건을 더 고려한다면 그 '때'가 누구에게나 다가오게 될 것이다.

그냥 피어 있는 꽃은 없습니다

사랑은
다시
사랑으로 돌아온다

대학 시절 나는 갖가지 아르바이트를 하며 모은 돈으로 1년 동안 배낭여행을 떠났다. 얼마 되지 않는 돈으로 꿈을 실천해 보겠다고 1년 동안의 여행을 계획했던 나는 식빵과 물로 끼니를 때워야 했을 때가 많았다. 사실 여행보다는 어학연수를 하기에는 돈이 많이 부족했기 때문에 여행자들을 만나며 문화와 언어를 배워 보겠다는 목적이 강했다. 또한 어려서부터 고고학과 세계문화에 관심이 많아서 두루 둘러보고 싶은 마음도 있었다.

인도네시아의 작은 마을을 여행할 때 배낭족들이 모이는 매우 허름한 숙소에서 마루에 앉아 있는 '로사'를 만나게 되었다. "안녕!"

하고 인사를 했는데 그녀는 고개를 잠시 돌리더니 "안녕" 하고 힘 없이 마지못해 인사를 했다. 나는 속으로 '내가 동양인이라서 별로 친구가 되고 싶은 마음이 없나'라고 생각했다. 그런데 그다음 날 숙소에 돌아왔을 때도 로사는 역시 그 자리에 앉아 있었다. 뭔가 말을 걸어야겠다고 생각하고 있었는데 로사가 먼저 자기 사정을 털어놓았다. 한 인도네시아 현지인이 친절하게 접근해서는 이곳저곳을 안내해 주기까지 하여 그녀는 그 사람을 친구로 생각하고 가방을 맡기고 화장실을 다녀왔는데 그 현지인이 가방과 함께 사라져 버렸다고 한다. 아마 친절을 베풀며 접근하여 돈을 갈취하는 전문 사기꾼이었을 것이다. 당시는 지금처럼 송금이 쉬운 시절이 아닌 데다 그곳은 시골마을이어서 부모에게 돈을 부쳐 달라고 부탁했지만, 언제 받을 수 있을지 확실하지 않아 이렇게 기다리고 있어야 했던 것이다. 나는 안쓰러운 마음에 물었다.

"그럼 너 뭐 먹고 지내는 거니?"

"비상식량이 좀 있긴 했는데 그것도 어제 다 떨어져 버렸어."

순간 나는 머리가 복잡해졌다. 내가 가진 식량이라도 나누어 먹어야겠는데 내 처지도 먹을거리가 귀한 형편이었기 때문이다. 그러나 곧 다음의 성언이 뇌리를 스치면서 다른 모든 생각을 버려야 했다.

그냥 피어 있는 꽃은 없습니다

네 이웃을 네 자신처럼 사랑해야한다(누가복음 10:27 후반부).

You must love your neighbor as yourself.(Luke 10:27 later part)

나는 아끼던 식빵을 모두 꺼내고 거기에 아끼고 아끼던 땅콩버터와 딸기잼을 듬뿍 발라 로사에게 주었다. 그러자 로사는 며칠 굶은 듯 빵을 우걱우걱 대며 모두 먹어 치웠다. 그 모습을 보자 솔직히 속으로는 '아이고 내 피 같은 빵' 하며 아까운 마음이 드는 것은 어쩔 수 없었다. 재정 형편이 어려운 배낭여행자들에게 식량은 곧 자신의 생명이나 다름없으니 옹졸한 마음이 드는 것이 사실이었다. 그러나 곤란에 처해 있는 사람을 보면서 남이야 굶든지 말든지 상관하지 않고 잠을 편하게 잘 수는 없었을 것이다.

나는 그곳에 머무는 3일 동안 로사를 먹여 주었고, 떠나는 전날 밤에 가지고 있던 비상식량을 모두 그녀에게 주었다. 로사는 눈물을 글썽이며 혹시 유럽을 오게 되거든 자신의 집에 찾아오라고 주소와 전화번호를 적은 종이를 건네주었다. 나는 떨어지지 않는 발걸음을 옮기며 그녀가 하루빨리 돈을 받기를 간절히 바라며 그곳을 떠나 다른 나라로 떠났다. 좀 더 머물며 로사를 돌봐 주고 싶었지만 내게는 비자 체류기간을 넘기면 안 되는 사정이 있었다.

그 후 4~5개월이 흐르면서 인도네시아에서 말레이시아 그리고

조르주 피에르 쇠라

빌 다브레, 하얀 집들
Ville d'Avray Die white houses

1882년경
유화 캔버스에 유채
46×33cm
워커 미술관 소장

인도, 이집트, 터키, 남유럽을 거쳐 드디어 북유럽에 도착했다. 유럽은 물가가 엄청나게 비쌌고, 게다가 여름이어서 방값은 터무니없이 비싸 잠은 거의 이동하는 기차 안에서 해결해야 했다. 밤기차를 타고 다음 도시에 아침에 도착하는 스케줄로 이동했다. 북유럽에 도착하자 물가는 남유럽보다 더욱 비쌌고, 밤기차로 다니느라 지칠 대로 지쳐 있는 상태였다.

그때 몇 개월 전에 만났던 로사가 스웨덴 어디엔가 산다는 기억이 떠올랐고, 자신에게 연락하라던 그녀의 말이 생각났다. '그녀는 나를 기억하고 있을까?'라고 생각하며 그녀가 준 전화번호로 연락을 해 보았다. 그녀의 어머니가 전화를 받았는데 그녀와 대화를 나누더니 뜻밖에도 역으로 마중 나올 테니 기다리라는 것이었다. 기억이나 할까 라고 걱정하고 있었는데 그녀와 그녀의 어머니는 역에서 나를 포옹하며 반갑게 맞아 주었다. 게다가 숲속에 여름 별장까지 있는 로사의 집에서 일주일 동안이나 최상의 대접을 받으며 꿀같은 휴식을 취할 수 있었다. 나는 식빵과 땅콩밖에는 대접을 할 수 없었지만 로사는 나에게 스웨덴의 전통 요리를 비롯해서 귀하고 맛있는 산해진미로 대접했다. 덕분에 스웨덴에서 원기를 회복하고 아름다운 추억을 간직하고 다른 나라로 떠날 수 있었다.

그러므로 무엇이든지 사람들이 여러분에게 해 주기를 원하는 것을 그대로 그들에게 해 주어야 합니다(마태복음 7:12).

All things, therefore, that you want men to do to you, you also must
likewise do to them.(Matthew 7 :12)

황금률이라고도 하는 이 성언을 반드시 실천해 보도록 하자. 언젠가 생각지도 못한 곳에서 보답을 갑절로 받게 될 것이다.

외면해도 변함없이 곁에 있었던 그

　내가 어떻게 우주주권자이며 절대자인 그분을 실제로 존재하는 분으로 느끼게 되었는지에 대해, 그리고 어떻게 나의 절대자에 대한 사랑이 시작되었는지를 공개한다면 시시한 이야기가 될지도 모르겠다.

　내가 다섯 살이 되었을 때였다. 어느 날 아침 어머니가 많이 아파서 누워 있었는데, 복통과 열이 있었다. 나는 다급한 마음에 하늘의 아버지께 기도를 했는데, 이것이 내 기억 속의 첫 번째 기도였다. 그런데 놀랍게도 오후에 집에 돌아와 보니 일어나서 빨래를 줄에 걸고 있는 어머니의 모습이 보였다. 병을 고치는 등 기적이 일어나는 시대가 예수와 사도시대 이후에는 존재하지 않는다고 해도 나는 하늘의 아버지께서 어린 나의 조그만 목소리를 들었다고밖에는 생각되지 않았다.

또 하나의 경우는 내가 아끼던 지우개가 없어졌을 때였다. 가난한 학생에게 지우개는 소중한 물건이었는데 초등학교 1학년 때 지우개가 없어지자 마당에 나와 하늘을 바라보며 기도를 올렸다. 기도가 끝나고 손이 시려서 모았던 두 손을 호주머니에 넣었는데 한쪽에서 지우개가 만져지는 것이었다. 기도가 끝난 순간 지우개가 곧바로 손에 만져졌으므로 나는 하나님이 나의 마음을 다치지 않게 하려고 넣어 주셨다고밖에는 생각되지 않았다.

그러나 나는 고등학교 사춘기 때 잠시 그분을 떠나게 되었다. 공부에 쫓겨 그분을 잠시 몇 년간 잊어버리고 지냈는데 중요한 것은 나는 그분을 잊고 지냈을지라도 그분은 나를 한시도 잊지 않고 늘 돌아오기를 기다리며 돌보고 계셨다는 사실이다. 나는 그분을 생각하지도 않고 있었지만, 그분은 변함없는 애정을 보여 주고 계셨다.

우리가 사랑하는 것은 그분이 먼저 우리를 사랑하셨기 때문입니다(요한일서 4:19).

As for us, we love, because he first loved us.(1John 4:19)

─≈≈≈─

그냥 피어 있는 꽃은 없습니다

내가 어쩔 수 없이 미국으로 떠나 그 낯선 땅에 도착한 순간에도 그분은 나를 지켜주셨다. 당장 어디로 숙소를 정해야 하는지 앞이 막막한 가운데 이민심사를 끝내고 나가려는 순간 어떤 미국 여성 입국관리자가 큰 소리로 외쳤다. "Is there anybody who speak Korean?(한국말 할 줄 아는 사람 있나요?)" 그쪽을 쳐다보니 한 할머니가 손녀와 함께 입국심사대 앞에서 영어 질문에 한 마디도 대답을 못하고 있었다. 그래서 내가 통역을 도와주었는데 그 할머니는 너무 고맙다며 자신의 딸의 집에 나를 초대해 주셨다. 그 덕분에 며칠간 신세를 지며 방을 알아보러 다닐 수 있었다.

이처럼 그분은 나를 늘 사랑으로 돌보고 계셨다. 몇 년 동안 힘든 이민생활을 하면서 어려운 일을 당하고 자살을 생각하게 된 위기의 순간이 있었다. (앞 부분에 일화가 소개되었다.) 어떻게 죽을까를 열심히 생각하고 있었는데 다음의 성언이 눈에 띄었다.

우리는 살아도 여호와를 위하여 살며, 죽어도 여호와를 위하여 죽습니다. 그러므로 살든지 죽든지 우리는 여호와께 속합니다(로마서 14:8).

For both if we live, we live to Jehovah, and if we die, we die to Jehovah, Therefore both if we live and if we die, we belong to Jehovah. (Roman 14:8)

내가 하나님께 속한다구? 나는 갑자기 울음을 터뜨렸다. 나의 생명이 순전히 나의 것만은 아니라는 생각도 들었다. 그분이 주셨고 돌보신 생명인데 내가 함부로 생을 마감함으로써 그 생명을 꺾어 버린다면 선악과를 함부로 따먹은 아담과 다를 것이 없다는 생각이 뇌리를 스쳐갔다. 나는 스스로에게 이런 질문을 했다.

"과연 난 나를 낳아 준 어머니를 사랑한 걸까? 나의 하늘의 아버지는 진정으로 사랑한 걸까? 네 마음을 다하고 네 영혼을 다하고 네 힘을 다하고 네 정신을 다하여 너의 하나님 여호와를 사랑해야 한다고 가르침을 받았는데 나는 과연 진정으로 그분을 사랑했는가? 매일 이거 해 주세요 저거 해 주세요 하며 사랑받기만을 기대하고 반대로 그분께 사랑을 드리려고 했는가?"

죽음 앞에서는 아무것도 후회되지 않았는데 내가 과연 그분을 진정으로 사랑했는가를 생각하니 후회의 눈물이 저절로 뺨을 타고 흘러내렸다.

사랑하지 않는 사람은 하나님을 알지 못합니다. 하나님은 사랑이시기 때문입니다(요한일서 4:8).

He that does not love has not come to know God, because God is love.(1John 4:8)

그냥 피어 있는 꽃은 없습니다

'아버지…… 저도 아버지를 사랑합니다. 제가 얼마나 사랑하는지 헤아려 주세요 제발.'

　나는 울고 또 울었다. 내가 얼마나 그분을 사랑하는지 마음을 터놓고 사랑고백을 하기 시작했다. 울면서 사랑고백을 하고 나니 마음이 좀 가벼워졌는데, 한 시간을 그렇게 꿇어 앉아 고백하고 있었다는 사실을 깨달았다. 그 후 나는 생을 마감하고 싶다는 생각이 들 때면 다시 한 번 나에게 속하지도 않는 것을 내가 끝낼 수는 없다는 생각을 하며 이를 악물었다. 하나님께 가까이 가면 그분은 당신에게 가까이 오실 것이다. 그리고 우리가 헛된 생각을 갖게 되더라도 온화하게 바로잡아 주시려고 손을 내미실 것이다. 그 따스한 손길을 경험하게 되기를 진심으로 바란다.

제5장

행복한 삶을 사는 나

: 아름다운 열매를 맺다

만족은
부유한 길로
인도한다

한 조사기관에 따르면, 한국인의 10명 중 6명이 '자신은 가난하다'고 느낀다고 한다.

부자나라인 미국의 홈리스(노숙자)가 말했다. "나는 잠을 잘 곳도 없소. 나는 정말 가난하지요." 소말리아의 빈민가 (흙집은 있으나 먹을 것이 부족한) 아이가 말했다. "우리 집에는 늘 먹을 것이 없어 정말 가난해요."

그러자 부자인 이웃나라의 사람이 말했다. "나는 호텔과 백화점 8개를 가지고 있는데 이번에 대형 카지노 호텔을 지으려 하는데 은행 빚을 끌어들여도 돈이 모자라오. 나는 정말 가난하다오."

이중 누가 더 가난한가? 가난의 기준은 어디에 있는가?
다음의 성언를 한번 생각해 보라.

의에 굶주리고 목마른 사람들은 행복합니다. 그들은 배부르게
될 것이기 때문입니다(마태복음 5:6).
Happy are those hungering and thirsting for righteousness, since they
will be filled.(Matthew 5:6)

이 성언을 보면 물질적 가난만이 아닌 정신적으로 (자신이 갈망하
는 이상에 대하여) 굶주리고 목마름을 느끼는 정신적이고 영적인 가
난도 있다는 것을 알 수 있다. 그렇다면 가난에는 마음이 가난한
것과 영적인 가난 그리고 물질적인 가난이 있다. 그러나 대부분의
사람은 가난이란 물질적으로 부족한 것이라 생각한다.
　물질적으로 가난하다고 생각하는 사람들을 위로해 줄 만한 성언
이 있다.

'무엇을 먹을까' '무엇을 입을까' 하면서 염려하지 마십시오.
여러분의 하늘의 아버지께서는 이 모든 것이 여러분에게 필요
하다는 것을 알고 계십니다(마태복음 6:32).

며칠 전 한 방송 프로그램에서 팀원들이 지방에 있는 달동네에서 연료도 아끼며 사는 한 독거노인을 방문했다. 그는 간신히 혼자 누울 수 있는 단칸방에서 끼니는 무료 급식을 주는 곳에서 해결하고, 시청료 낼 돈이 없어 텔레비전도 없이 방 안에 라디오 하나만 놓고, 연탄은 아끼느라 냉방에서 사시는 노인이었다. 팀원들이 그 노인에게 "할아버지 필요한 거 딱 한 가지만 말씀해보세요"라고 제안했다. 그런데 그분의 대답이 많은 사람을 감동시킬 만했다. "나? 없어. 나보다 어려운 사람들을 돕게." 그러고는 자신은 필요한 것은 다 있다고 거듭 강조했다.

그 노인은 많은 사람으로 하여금 '도대체 가난하다는 것은 무엇을 말하는 것일까', '그 기준은 무엇인가'라는 생각을 하게끔 했다. 그 노인은 남들이 생각하는 그런 가난함이 아니라 마음에서 우러나오는 풍성함 속에서 살고 계신 셈이었다.

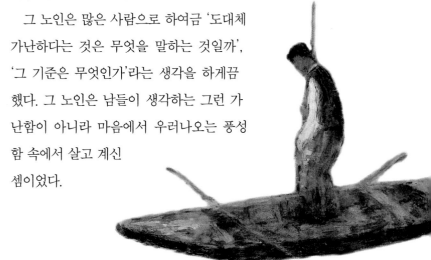

반면, 많이 소유하고 있음에도 더 많은 물질적 풍요를 원하며 자신이 가난하다고 생각되어 끊임없이 욕심을 부리는 경우를 흔히 보게 된다.

같은 전셋집(다가구 주택)에 살던 조선족 교포가 있었다. 그녀는 몇 년을 한국에서 일한 후 중국에 돌아가 4층짜리 건물을 샀다고 했다. 통장에도 저축한 돈이 꽤 있고 아래층을 여러 칸 세를 주어 그 수입도 제법 많다고 자랑을 늘어놓았다. 그런 그녀가 2년도 채 되지 않아서 다시 구로동 전셋집으로 돌아왔다. 남편과 딸을 떼어 놓고 온 그녀는 돈을 더 벌어야 한다고 했다. 그렇게 가족과 10년을 넘게 헤어져 지냈다. "은을 좋아하는 사람은 은으로 만족하지 못한다"라는 〈잠언〉의 성언이 있다. 자신이 가난하다고 생각하면 정신적으로 정말 가난한 것이다. 자신은 어떤지 한 번 돌아볼 필요가 있다. 우리는 얼마나 가난한가?

아래의 성언이 그 답을 말해 주고 있다.

먹을 것과 입을 것이 있으면 우리는 그것으로 만족할 것입니다(디모데전서 6:8).

Having sustenance and covering, we shall be content with these things.(1 Timothy 6:8)

무엇보다도 하늘의 아버지는 우리를 떠나지 않겠다는 보증을 하셨다.

여러분의 생활 방식에서 돈을 사랑하는 일이 없게 하십시오. 그리고 현재 있는 것으로 만족하십시오. '내가 결코 너를 떠나지 않겠고 결코 너를 버리지 않겠다'라고 그분은 말씀하셨습니다(히브리서 13:5).

Let your manner of life be free of the love of money, while you are content with the present things. For he has said 'I will by no means leave you nor by any means forsake you.'(Hebrews 13:5)

위의 성언들을 통해 첫째는 자신이 가진 것에 만족하는 정신적인 부유함과 두 번째는 결코 버리지 않겠다는 부의 근원이신 하나님의 약속을 신뢰하는 마음이 진정 사람들을 부유하게 한다는 사실을 알 수 있다.

잃어버림에서 얻는 축복

우리는 소유물을 잃어버리는 경험을 간혹 한다. 내 경우에는 아버지의 사업 실패로 우리 집을 경매로 잃었고, 대학을 졸업한 뒤부터 허리띠를 졸라매면서 몇 년 동안 모은 전 재산을 사기당했다.

그 후 미국으로 건너가 생활할 때의 일이다. 사정이 여의치 않아 어느 중국인 집의 다락방을 얻어 1년 계약을 하고 살고 있었는데 일주일 후 주인집 둘째 아들이 내게 불쑥 말했다. "여자 친구가 생겨서 방이 필요하거든. 방 좀 비워 줘야겠어. 거기 다락방에서 살면 밥 먹으러 내려오기도 편하겠지."

그냥 피어 있는 꽃은 없습니다

나는 갑자기 그만큼 싼 방을 구할 능력과 시간이 없었다. 버는 돈을 모두 집에 부쳐야 한국에 있는 가족이 생활하고 집을 마련할 수 있었기 때문이다. 그래서 임대계약서를 보이면서 계약을 했다고 말했다. 그러던 어느 날 일주일간 출장을 다녀왔는데 내 가구와 옷들, 세간 살림들이 모조리 사라진 채 방이 텅 비어 있었다. 나는 그만 기절을 했는데 잠시 후 깨어나 보니 주인집 둘째 아들이 경찰을 부른 것이 아닌가.

"이 여자는 몇 달간이나 방세를 내지 않더니 어느 날 짐을 전부 싸가지고 이사를 가는 척 하다가 짐은 다른 곳에 옮겨 놓고 다시 이렇게 몰래 들어와 살고 있어요. 이 여자를 쫓아내 주세요"라고 그가 경찰에게 말했다.

상황은 그의 말이 진실인 것처럼 보였다. 방에는 살림살이가 전혀 없었고, 나는 그곳에 누워 있는 데다 내가 꼬박꼬박 낸 방세의 영수증과 계약서까지 전부 훔쳐갔으니 증거가 전혀 없었다. 다행히 경찰은 나가라고 경고만 주고 나를 곧바로 밖으로 끌어내지는 않았다.

며칠 후 물건이 무거워 둘이서 옮겼다고 그의 형이 내게 실토했다. 그러나 얼마 후 주인집 아들이 강제 퇴거 신청을 했고, 나는 빈손으로 쫓겨나고 말았다.

정말 기가 찼다. 더욱이 내 짐 속에는 중요한 이민 서류와 할머니께 받은 반지 등 나에게 의미 있는 물건들이 있었다. 나는 대문 밖에 서서 서류와 반지만이라도 돌려 달라고 울며 매달렸다. 그리고 다음 날 다시 용기를 내어 그 집을 찾아갔는데 주인집 첫째 아들이 장화를 신은 발로 나를 걷어차며 폭행을 했다. (그는 군인 출신이었다.)

"너 우리가 뭐 도둑이라도 된단 말이야 뭐야? 왜 또 얼쩡거려?" 라고 얼마 전 했던 실토를 전면 부인하는 그의 태도가 믿기지 않을 정도였다. 얼마나 얻어맞았는지 나는 폭행을 당하고 나서 허리를 며칠간 잘 움직이지 못했다.

왜 자신들이 잘못을 저지르고 오히려 내게 뒤집어씌우고 폭행을 가하는지 전혀 이해할 수 없는 상황 속에서 또다시 경찰이 왔다. 집주인은 내가 다시 와서 물건을 돌려 달라고 애원할 것을 예상하고 집에 보호구역을 신청해 놓았던 것이다. 그래서 자신들의 집 밖에 어떤 사람이 10미터 반경 내에 들어서기만 하면 경찰이 와서 체포해 잡아갈 수 있었다. 연예인들이 스토커를 피하기 위해서 혹은 폭력 피해자들이 특정인으로부터 보호받기 위해 신청하는 법률이다. 당시에는 그런 조항을 알지 못했던 나는 곧 출동한 경찰이 수갑을 채우자 매우 놀라지 않을 수 없었다.

몰려든 동네 사람들이 쑥덕거리는 가운데 둘째 아들은 내가 방값을 치르지 않아서 끌려가는 것이라고 사람들에게 소리쳤다. 영

조르주 피에르 쇠라

그랑드 자트 섬의 센 강, 봄
The Seine at Le Grande Jatte

18884년
유화 캔버스에 유채
82×65cm
벨기에 왕립미술관 소장

수증까지 훔쳐 가서 방세를 낸 증거도 모조리 사라졌고, 내 물건을 찾기 위해 그 집 주위를 헤매는 나의 사정을 동네 사람들이 알 리가 없었다. 나는 억울한 누명을 쓰고 끌려가서 경찰서에 갇혔다. 재판이 있기까지 갇혀 있어야 하는데, 그런 사실을 전혀 알 수 없었던 나에게는 그야말로 공포의 시간이었다.

그것은 마치 도살장에 끌려가는 느낌이었다. '수갑은 죄인들이나 차는 건 줄 알았는데 왜 나에게 이런 것을 채웠지? 그리고 내 물건을 다 훔치고 폭행을 휘두른 건 그들인데 왜 피해자인 내가 갇혀 있어야 해?'라는 생각만 끊임없이 맴돌았다. 어떤 논리적인 판단도 내릴 수가 없었다.

나는 차가운 시멘트 바닥에 잡혀온 거리의 불량배 여자들과 누울 공간도 없는 감옥에서 눈물로 밤을 지새웠다. 미국 이민생활 4년 동안 하나하나 장만했던 나의 소중한 물건들을 모두 빼앗기고 감옥의 차가운 바닥에서 뒹굴다니 차라리 악몽이었으면 싶었다. 경찰서에서 다른 여성들과 꼬박 2일을 보내고 재판을 받은 뒤 나는 즉시 풀려났다. 비상금 3,000불도 챙기지 못하고 나왔는데 갈 곳도 없어 며칠간 거리에서 방황했다. 심한 충격을 받아 말조차 나오지 않았다.

다음은 내가 알게 된 어떤 사람의 이야기다. 길거리에서 우연히 그와 이야기를 나누게 되었는데 그는 임시 피난민소를 전전하며 가끔 노숙자 생활을 하는 사람이었다. "나는 부자였어요. 그리고 지금도 고향에만 돌아가면 큰 빌딩이 2개나 됩니다"라고 그가 말했다.

그는 원래 이라크의 바그다드에서 살던 성공한 상인이었고 회사 사장이었다. 그러나 이라크에 전쟁이 터지면서 그는 자신의 부동산을 정리할 시간도 없이 간신히 몸만 빠져 나와 아는 변호사의 도움으로 미국에 피난을 와서 피난민 거주지에 살게 된 것이었다. 그는 전쟁이 언제 끝날지, 자신의 빌딩이 무너지지 않을지 노심초사 기다리다가 갑작스런 심장병으로 생을 마감하고 말았다. 살아서 돌아갔더라도 만약 폭격으로 다 부서져 흔적도 없어진 집과 빌딩을 보게 되었다면 심정이 어떠했을까?

우리는 아무것도 세상에 가지고 오지 않았으며, 또 아무것도 가지고 갈 수 없습니다(디모데전서 6:7).

For we have brought nothing into the world, and neither can we carry anything out.(1 Timothy 6:7)

위의 이야기는 이 성언을 실감나게 해 주는 사례다. 그러므로 물질에 믿음을 둘 것이 아니라 모든 것을 부유하게 해 주시는 하늘의 아버지께 믿음을 두라는 성언이 있는 것이 아닐까? 그렇다고 잃기만 하라고 하는 말은 결코 아니다. 우리는 전부 잃더라도 다시 되찾을 수 있다.

내가 도둑 주인 때문에 경찰서로 끌려가며 무엇을 얻은 줄 아는가? 사실 난 그때까지 예수의 대속 희생을 잘 이해하지 못했다. 정확히 말하면 머리로는 이해하지만 가슴으로 이해한 것은 아니었다. 왜 하나님이 희생을 하며 자신의 아들을 내준 것인지 마음으로 고마움을 뼈저리게 느끼는 정도까지는 아니었다. 자신의 아들이 희생되었을 때 아버지의 심정이 어떠했는지 도저히 상상도 안 되었다.

그러나 내가 첫 번째로 얻은 것은 경찰서에 끌려가는 그 순간 갑자기 아무 죄도 없이 사형을 집행하는 곳으로 끌려가는 예수의 얼굴이 그려지며 그분의 심정이 느껴졌고 그분의 당시 심정이 이해되었다. 두 번째는 물질적 재산이 없어져도 이렇게 가슴이 아픈데 자신의 가장 아끼는 영적 재산인 아들이 없어졌을 때의 하나님의 심정과 그 아픔이 절절히 이해되었다. 인류를 위해 완전한 아들을 희생시킬 수밖에 없었던 마음의 그 고통이 느껴졌다.

경찰 유치장 창문 밖에 희미하게 비치는 달빛을 보고 눈물을 흘리며 나는 '이해'뿐 아니라 감동을 얻었다. 가지고 있을 때는 깨닫지 못하다가 그렇게 물질이 없어지고 나니 더 큰 정신적인 깨달음을 얻게 된 것이다. 어떤 것보다도 값진 것을 비로소 얻은 셈이었다.

자신이 정말 억울하게 잃은 것이 있다면 언젠가는 또 어디선가는 다른 모습으로 돌아온다는 것을 주위에서 여러 번 보았고 직접 경험했다고 앞에서 말했었는데 물질보다도 영적인 축복은 몇 배나 값진 것이리라.

청컨대 이 점에서 나를 시험하여 보아라. 만군의 여호와 하나님께서 말씀하셨다. '내가 하늘의 수문들을 열어 더 이상 부족함이 없을 때까지 너희에게 축복을 실제로 쏟아 붓지 않나 보아라' (말라기 3:10절 후반부).

Test me out, please, in this respect Jehovah of armies has said 'Whether I shall not open to you people the floodgates of the heavens and actually empty out upon you a blessing until there is no more want.' (Malachi 3:10 later part)

하나님의 축복, 하나님이 부유하게 해 준다는 성언이 말해 주듯이 하늘에서 쏟아지는 그 어마어마한 축복을 경험하는 날이 반드시 온다는 사실을 기억하자!

내일 지는
초목도
입을 옷이 있다

가재도구를 모두 집주인에게 도둑맞고 집주인이 신청한 강제퇴거 명령이 떨어질 때까지 나는 혹시라도 집주인이 내 물건들을 돌려주지 않을까 하는 실낱같은 희망을 갖고 한 달 정도 기다렸다. 비상금도 훔쳐갔기 때문에 사실 다른 방을 구할 보증금조차도 없는 상태였다. 친구 결혼식에는 옷을 빌려 입고 가야 했고, 매일 같은 옷을 입고 외출해야만 했다.

마침 부동산 일을 도와주고 있었는데 한 고객이 찾아왔다. 자신의 세탁업과 델리(샐러드 가게), 레스토랑 등의 사업을 전부 팔겠다고 하는 것이었다. 일을 같이 하던 가족 중 언니가 몹쓸 병에 걸려 이제는 모두 정리하고 조용한 시골에 가서 살려는 계획을 갖고 있었다. 그래서 그 세탁소와 델리, 레스토랑을 보기 위해 고객을 따라나섰다. 세탁소는 매우 큰 규모였는데 옆에 걸려 있는 많은 옷을 가리키며 그 고객이 말했다.

"이 옷들은 4년 이상 찾아가지 않은 고객의 옷들인데 자선단체에 기부하려고 해요."

나는 눈을 크게 뜨고 아주 조심스럽게 물었다. "저, 죄송한데 집주인이 도둑처럼 들어와서 살림살이며 옷이며 다 훔쳐갔거든요. 기부하실 거면 맞는 옷을 좀 골라서 제가 가져가면 안 될까요?"

그 고객은 흔쾌히 허락했고 나는 정신없이 내게 맞는 사이즈를 골라서 집어 들었다. 맨해튼에서도 부자동네에 위치한 세탁소였기에 옷들이 비록 중고이지만 하나같이 이름 있는 명품들이었다. 그뿐만이 아니었다. 그 고객은 자신이 하는 델리에서 각종 야채와 생선 등을 큰 박스에 두 개나 가득 담아서 내게 주었다. 그것으로 일주일은 넉넉하게 먹고 지낼 수 있었다. 내가 잠정적인 고객을 데리고 갈 때마다 그는 매번 델리박스에 음식을 넣어 싸 주었다. 미국에 이민 와서 자신도 고생을 많이 했다고 말하며 힘내라고 나를 격려하기까지 했다. 살림살이를 전부 도둑맞았다고 하는 내가 한 달도 채 되지 않아서 갑자기 명품 옷들을 근사하게 차려입고 나타나니 직장 동료는 매우 놀란 모습이었다.

죽으라는 법은 없다고 하루아침에 거지가 된 나를 입히고 먹여
주신 분이 계시다.

하늘의 새들을 주의 깊이 관찰해 보십시오. 그것들은 씨를 뿌
리거나 거두거나 창고에 모아들이지 않지만, 여러분의 하늘의
아버지께서 그것들을 먹이십니다. 또한 백합들은 수고하지도
않고 실을 잣지도 않습니다. 내일 화덕에 던져지는 들의 초목
도 하나님께서 이와 같이 입히신다면, 여러분이야 훨씬 더 잘
입히시지 않겠습니까? 여러분은 그보다 더 가치가 있지 않습
니까?(마태복음 6:26~30)

Observe intently the birds of heaven, because they do not sow seed or
reap or gather into store house; Still your heavenly Father feeds them.

그냥 피어 있는 꽃은 없습니다

하늘의 아버지는 그렇게 정이 많은 사람을 이용하여 나에게 과
분한 친절을 베풀어 주셨다. 실제로 주인집 아들이 여자 친구의 방
이 필요하다고 나를 내쫓기 위해 모든 물건을 훔쳐간 후 정말 아무
것도 남지 않은 빈집에 들어 왔으나 그 이후 생활을 하면서 점차
생활에 불편함이 없도록 채워 주시는 하늘 아버지의 따스한 손길
이 느껴졌다. 친구가 당장 쓸 그릇과 수저들을 가져다준 것을 비롯
해 아주 간단한 것들로 생활을 해 나갈 수 있게 이끌어 주셨다.

나는 어떠한 상황에 있든지 자족하는 것을 배웠습니다(빌립보
서 4:11 후반부).

For I have learned, in whatever circumstances I am, to be self-sufficient.
(Philippians 4:11 later part)

식탁과 수저도 없이 맨바닥에서 일회용 플라스틱 포크로 죽을

힘들게 먹으며 지내다가 숟가락을 얻으니 얼마나 감사하고 죽을 데울 냄비를 얻으니 얼마나 고마웠는지 경험해 보지 않은 사람은 그 기분을 이해하지 못할 것이다. 냄비에 데운 죽을 숟가락으로 떠 먹으면서 한 줄기의 눈물이 뺨을 타고 내려와 입에 죽이 들어가는지 눈물이 들어가는지 모를 정도였다. 아무것도 없는 맨 바닥을 청소하면서 장애물이 하나도 없으니 얼마나 편한지 모르겠다고 위로의 말을 내 자신에게 해 보았다.

하나님께서는 여러분에게 그분의 모든 과분한 친절을 풍성하게 하실 수 있습니다. 그것은 여러분이 항상 모든 일에서 온전히 자족하면서 모든 선한 일을 위하여 넉넉히 갖게 하시려는 것입니다(고린도후서 9:8).

God is able to make all his undeserved kindness abound toward you, that, while you always have full self-sufficiency in everything, you may have plenty for every good work.(2 Corinthians 9:8)

지금 그때를 돌이켜보면 이민생활을 하면서 그것이 가장 큰 시련 중의 하나였지만, 그 시기만큼 하나님의 손길과 사람들의 사랑을 많이 느꼈던 적도 없었다. 그 시련을 통해 사람이 얼마나 조그만 일에도 감사하고 만족할 수 있는지 깨닫게 된 것은 나를 성숙시킨 또 하나의 기회였다.

진정한 부는
마음속에 있다

"해도 해도 너무한다."

내가 아는 지인이 잡화점을 운영하다가 자신의 가게를 정리한다는 문구를 내걸었다. 그녀는 조그만 가게를 운영해 오고 있었는데 대기업에서 운영하는 대형 잡화점이 바로 근처에 입점하여 그녀가 파는 물건들의 가격을 조사해서 그것보다 몇십 원 내지 몇백 원 할인하는 수법으로 고객들을 모조리 빼앗아 갔다고 한다. 그녀가 할인하는 품목도 알아내어 똑같은 시기에 같은 물품을 더 싸게 파는 바람에 그녀는 몇 달째 적자를 내다가 더 이상 버틸 수 없다고 판단을 내린 것이다.

내 한 친구가 어느 날 화장품 광고로 몇 억을 버는 연예인의 얼굴을 보더니 "참 대단하다. 내가 학교 교사를 몇십 년을 해야 그런 돈을 만져 볼까? 그런 생각을 안 하려고 했는데 이제는 시기가 나곤 한다니까."

그녀의 말에 가슴 한구석에서 현대를 살아가는 사람들의 신음소리가 들려오는 듯했다.

이 두 이야기는 주위에서 흔히 보는 이야기다. 대부분의 사람은 부자가 되기를 꿈꾸지만 현실은 어느 나라나 불공평이 존재한다. 그런데 가진 자는 더 가지려고 가지지 못한 사람들을 마구 짓밟으니 그것이 문제다. 집을 소유하고도 계속 몇 채를 더 가져야 하는 사람은 평생을 벌어도 자기 집을 장만할 수 없는 사람의 심정을 한 번 헤아려 본 적이 있을까?

이를 위한 성언이 있다.

온갖 탐심에 대하여 여러분은 계속 깨어 살피며 경계하십시오. 사람이 풍부할 때라도 그의 생명은 자기의 소유물로부터 오는 것이 아니기 때문입니다(누가복음 12:15).

Keep your eyes open and guard against every sort of covetousness, because even when a person has an abundance his life does not result

조르주 피에르 쇠라

봄의 몽마르트 생 뱅상길
Rue Saint-Vincent, Montmartre, in Spring

1883~1884년
회화 캔버스에 템페라
185×152cm
영국 피츠윌리엄 박물관 소장

from the things he possesses.(Luke 12:15)

이 성언은 부자이든 아니든 그 생명이 재물이 많은 것에 달려 있지 않다는 사실을 단적으로 말하고 있다.

다음은 극적인 실화다. 김 모 한인 산악인이 높은 산에서 발을 잘못 디뎌 서 있는 지점에서 150미터 깊이의 눈 벼랑 속에 떨어진 뒤 이틀 만에 구조되었다. 추위 속에서 몸이 얼어붙기 시작하자 가지고 있던 보자기, 스카프, 손수건, 양말 등을 다 태우다가 마지막엔 가지고 있던 지폐를 태우면서 자신의 체온을 유지하여 '눈 속의 48시간'을 견디고 살아남았다. 목숨이 소유물보다 소중하다는 사실을 그대로 보여 주는 사례다.

만약 당신이 그런 상황에 처해 있었다면 어떻게 했겠는가? 얼음 속에 갇혔는데 주머니를 뒤져보니 10만 원짜리 수표가 15장이나 나왔다고 상상해 보자. 아니면 100만 원짜리 어음 수표가 20장 나왔다고 가정해 보자. 아까워서 태울 수 있을까?

그 상황에서 가만히 있다가는 구조대가 오기 전에 얼어 죽을 텐데 돈이 아까워 팔짱만 끼고 있는 사람은 없을 것이다. 또한 그 상황에서 수억 원의 돈을 가지고 있더라도 구조대가 제 시간에 와 주

지 않는다면 살아날 수 없다.

부자라고 해도 생명을 잃으면 그만이고 반대로 처절하게 가난하더라도 그 대신 생명을 얻는다면 더 가치 있지 않은가? 그것도 앞으로 다가올 영원한 생명이라면 말이다.

부자들을 시기하는 것이 아니라 진정한 부유함이 무엇인지 한번 생각해 보자.

겸손과 하나님을 경외함의 결과는 부와 영광과 생명이다(잠언 22:4).

The result of humility and the fear of Jehovah is riches and glory and life.(Proverb 22:4)

여기서 말하는 '부'가 고층 아파트와 고급 차를 의미하는 것은 아닐 것이다. 겸손하면 자신보다 더 어려운 사람들을 굽어보게 되고 자신이 그 사람들에 비해서 얼마나 많은 것을 가졌는지 이해하게 된다. 또 자신이 가지고 있는 것에 만족할 줄 안다. 그렇게 되면 상대적인 '부'를 향유할 수 있게 된다.

진정한 '부'는 자신의 마음속에 있으며, 영적인 부를 지닌 것이 훨씬 부유한 삶을 누릴 수 있다. 내가 가진 저금통을 털어 가난한 사람들을 위해 이불을 사 준 다음에 밀려오는 행복감으로 마음을 가득 채웠다면 나는 정말 그 누구보다도 '부유'한 사람이 되어 있는 것이 아니겠는가!

또한 하나님을 신뢰하여 앞으로 다가올 영원한 생명을 얻게 된다는 희망으로 마음을 가득 채우면 그것이야 말로 부유한 사람이 아니겠는가!

욕심으로
만나게 되는
시련

　대학 시절 배낭여행으로 스페인 남부 지방 그라나다를 떠나려 했을 때의 일이다. 기차를 기다리고 있었는데 시간이 좀 남아 떠나기 전에 친구가 내 손에 꼭 쥐어 주었던 만 엔 한 장을 스페인 돈으로 바꾸려고 플랫폼 위에 있는 환전소로 갔다. 그 당시 만 엔은 우리나라 돈 10만 원으로 기억되는데 사실 나도 일본 엔화는 처음 접했다. 환전소 여직원이 엔화를 바꾸어 주면서 전광판을 보고 바꾸어 준 돈이 좀 많다고 생각하는 듯했지만, 나도 엔화를 잘 모르는 데다 기차 시간이 다 되어 확인을 못하고 기차를 탔다. 기차 안에서 돈을 세어 보는 데 그 여직원이 소수점을 잘못 보았는지 스페인 돈으로 10만 원이 아닌 100만 원어치에 해당했다. 그 순간 가슴이 콩닥콩닥 뛰기 시작했다.

'다음 역에 가서 다시 기차로 돌아가 이 돈을 돌려줘야 하나? 그러려면 다음 역에 내려서 반대로 가는 기차를 타면 다시 그 역으로 갈 수 있겠지?'라는 생각이 들면서도 한편으로 머뭇거리게 되었다. 막상 횡재했다는 생각이 강하게 들면서 욕심이 났다. '내가 너무 굶고 다니니까 하늘에서 좀 도와주시려고 한 것은 아닐까? 게다가 이미 그 역을 떠났는데 이제 돌아가는 것은 거의 불가능하잖아?'

사실 다음 역은 다섯 시간을 달려서 닿을 만큼 멀리 떨어져 있는 곳이었다. 나는 시간이 흐를수록 그 돈이 생긴 것이 나를 도와주려고 하는 것이 아니냐며 정당화하기 위해 온갖 구실을 갖다 붙이기 시작했고, 양심의 소리를 듣지 않으려고 귀를 막아 버렸다. 도착지인 바르셀로나에 내리자 식빵만 먹어 오던 내가 각종 치즈와 햄 등을 잔뜩 사서 먹기 시작했다. 마치 세상에 부러울 것이 없는 부자가 된 느낌이었다. 그런데 마냥 신나기만 할 줄 알았는데 시간이 흐름에 따라 돈을 돌려주지 않음으로써 죄를 지은 것이 아닌가 하는 죄책감이 강하게 들었다. 물론 환전하는 여직원의 잘못이지만, 내가 돌아가서 고백하지 않음으로써 그녀를 속인 것이 아닌가 하는 생각마저 들었다. 결국 내가 돈을 보고 욕심이 난 것은 아니었는가 하는 생각에 마음이 편치 않았다. 모든 것을 다 잊어버리려고 노력하고 있었는데 며칠 지나 나의 귀중한 카메라를 도둑맞았다. 독일 여행할 때 사 둔 내게는 하나밖에 없는 사치품이었는데 누군가 훔쳐간 것이다. 재난은 거기서 끝나지 않았다. 체코의 한 기차역에서 등을 돌린 사이에 누가 배낭을 통째로 훔쳐간 것이다. 배낭여행을 해 본 사람이라면 배낭은 자신의 모든 세간 살림살이인 것을 이해할 것이다. 그때서야 나는 내가 벌을 받았다는 느낌이 들었다. 헛되게 들어온 돈에 욕심을 내고 제자리에 돌려주지 않았다가 이런 일을 당한 것일까?

도리어 각 사람은 자기 자신의 욕망에 끌려 유인당함으로써 시련을 받습니다(야고보서 1:14).

But each one is tried by being drawn out and enticed by his own desire.(James 1:14)

아무튼 그렇게 벌을 받았다는 느낌은 받았으나 그런 나를 그분은 끝까지 돌봐 주셨다. 엉엉 울고 있는 나에게 한 체코인이 다가와 사정 이야기를 듣더니 자신의 집으로 데려가 경찰서에 신고할 수 있도록 도와주겠다며 며칠 동안 자신의 집에서 먹을 것과 잠자리를 제공해 주었다. 아담이 죄를 지었을 때에도 낙원에서 내쫓으며 나가는 자식에게 가죽옷을 해 입히셨다는 〈창세기〉의 기록(3장 21절)이 떠오르는 일이었다. 체코의 현지인 가족은 따뜻하게도 내가 최소한 기본적인 여행을 하며 집으로 돌아갈 수 있도록 필수품들을 마련해 주었다. 예정보다 약간 일찍 러시아를 통과하고 중국을 통해 육로로 돌아오는 한 달간의 여정은 별로 불편함이 없었다. 그러나 나는 부당하게 이득을 취하려고 하면 반드시 그만한 대가를 치르게 된다는 사실을 뼈저리게 배웠다.

부유해지기로 결심하는 사람들은 유혹과 올무와 여러 가지 유해한 욕망에 빠집니다. 돈을 사랑하는 것은 온갖 해로운 일의 뿌리입니다(디모데전서 6:9~10).

Those who are determined to be rich fall into temptation and hurtful desires. For the love of money is a root of all sorts of injurious things.(1 Timothy 6:9~10)

그 후 10년이 지나 나는 직장일로 다시 스페인 남부를 갈 일이 생겼고, 계획에는 없었지만 그라나다의 기차역을 일부러 들렀다. 그 사람을 다시 만나 정중하게 사과하고 그 돈을 돌려주려는 생각이었다. 배낭여행을 하던 철부지 학생 시절에는 몰랐으나 만약 돈이 비게 되면 일하는 사람이 채워 넣어야 한다는 사실을 사회생활을 하며 알게 되었다. 그래서 그 여직원이 늘 마음에 걸려 기차역으로 숨 가쁘게 달려갔다. 그러나 그 환전소가 있던 곳에는 세월이 흘러 다른 상점이 자리하고 있었다.

'죄송해요. 그때는 너무 철이 없었어요. 이제는 용서해주세요.'

나는 결국 그 돈을 기부하는 곳에 주고는 한결 가벼워진 마음으로 스페인을 떠날 수 있었다.

기부의 기적

앞에서 내 친구가 뉴욕 청년과 결혼하게 된 이야기를 했다. 그녀가 먼저 반했는데 끈질기게 편지를 하여 결국 처음에는 거절하던 청년도 다시 생각해 보고는 결국 둘의 행복한 결혼이 이루어졌다. 그 커플이 내게 청첩장을 보냈다. 그런데 나는 결혼식을 가기에 부담스런 상황이었다. 결혼식은 누구보다 보고 싶은 마음이 컸으나 못된 중국인 주인집 아들이 가재도구를 모두 훔쳐 간 지 얼마 안 된 때여서 축의금을 낼 돈은 고사하고 결혼식에 입고 갈 변변한 옷조차도 없었다. 나는 친구에게 전화를 걸어 진심으로 결혼을 축하하지만 갈 형편이 못 된다고 사정을 이야기했다. 그녀는 발을 동동 구르며 말했다.

"그냥 와. 내가 어떻게든 옷을 빌려 줄 친구는 찾아볼게. 내가 뉴욕에 왔을 때 네 집에서 머무르게 해 줬기 때문에 내가 그이를 만날 수 있었고 또 내가 그이에게 거절당했을 때에도 네가 다시 전화해 보라고 해서 이렇게 결국 둘이 맺어졌는데 네가 안 오면 어떻게해?"

그래서 나는 축의금 대신 진심을 담은 축하 편지를 썼고, 남에게 빌린 옷을 입고 그 연회장에 갈 수 있었다. 식장에 들어가자마자 어느 우아한 노부인이 "박 양이죠?" 하며 반갑게 맞이해 주는 것이었다.

"신부 어미 되는 사람이에요."

"아, 네 정말 고우시군요."

우리는 보자마자 반갑게 인사하고 이야기를 나누기 시작했다. 나는 하마터면 오지 못할 뻔했던 것과 어떻게 오게 되었는지 그간의 사정을 이야기했다. 그런데 갑자기 친구 어머니의 눈에 눈물이 그렁그렁 맺히는 것이었다.

"박 양, 남편과 나도 못 올 뻔했어요. 미국까지 와서 딸의 결혼식을 보게 된 것이 하나님의 축복이지요."

친구의 어머니는 남편이 은퇴하고 퇴직금으로 그럭저럭 살아가고 있었는데 남편의 동생이 사업을 한다고 퇴직금을 빌려가 미국

그냥 피어 있는 꽃은 없습니다

조르주 피에르 쇠라

강물속의 하얀 말과 검은 말
Weisses und schwarzes Pferd im Fluss

1883년경
유화 목판에 유채
24.8×15cm
코톨드 미술관 소장

에까지 딸의 결혼식을 보러오기에는 재정적인 여건이 여의치 않았다. 하나밖에 없는 딸의 결혼식을 보고 싶은 마음은 간절하여 기도까지 드렸으나 아무리 생각해 봐도 미국에 올 수는 없어 하는 수 없이 딸에게 미안하다고 말하고 눈물을 흘렸다. 그런데 결혼식을 일주일 앞둔 어느 날 자선 단체에서 전화 연락이 왔다.

"다름이 아니라 부인이 5년 전에 기부했던 돈을 자선단체에서 잘 활용하여 필요한 건물을 짓는 데 썼는데 그 돈이 좀 남아서 돌려 드리려고 합니다."

그녀의 어머니는 그때 자신이 5년 전에 상당한 액수를 기부했다는 사실을 기억해 냈다. 자신의 꿈이었던 자선단체에 기부를 하고 그녀는 그 돈은 잊어버리고 있었는데 뜻밖의 돈을 돌려받아 내외 비행기표뿐 아니라 몇몇 친척까지 데리고 올 수 있었다는 것이다. 친구의 어머니는 눈물을 글썽거리며 어떻게 그 돈을 자신이 필요할 때 돌려받았는지 이해가 가지 않는다고 말하며 하나님의 아름다운 선물인 것 같다고 덧붙였다.

그러므로 여러분이 악할지라도 자기 자녀에게 좋은 선물을 줄 줄 안다면, 하늘에 계신 여러분의 아버지께서는 청하는 사람들에게 얼마나 더 좋은 것들을 주시겠습니까? (마태복음 7:11)

Therefore, if you, although being wicked, know how to give good gifts

그냥 피어 있는 꽃은 없습니다

to your children, how much more so will your father who is in the heavens give good things to those asking him?(Matthew 7:11)

꧁꧂

그러한 아름다운 선물을 물질로 받았다는 사실보다 더 마음이 든든한 것은 우리의 마음을 이해하고 우리가 필요할 때 좋은 것을 주려고 노력하시는 하늘의 아버지가 있다는 영적인 부유함이리라. 악한 아버지가 아닌 더없이 선한 아버지가 언제나 좋은 것을 주려고 준비하신다는 사실을 안다는 것은 인간에게 가장 큰 축복이 아닌가 싶다. 그럭저럭 좋은 것이 아닌 필요할 때 가장 좋은 것을 주신다는 사실을 믿는다면 그 축복은 정말 아름다운 것이 될 것이다.

감사하는
마음으로
시작하는 하루

우리집은 아버지가 사업을 실패한 후 물질적으로 가난했는데 하루는 어머니가 말했다.

"그러고 보니 아이들이 한 번도 큰 병 치레를 한 적이 없고 병원 신세를 진적도 없네. 정말 큰 축복인 듯싶다."

대부분의 사람은 물질적으로 풍요롭지 못하다고 낙담하지만 집안에 병치례가 없고 씀씀이가 헤프지 않아 지출이 적은 것도 사실 큰 복이다. 보는 것에 기초하지 않고 보이지 않는 것에 복을 받았다는 것을 느낄 수 있다는 자체도 얼마나 다행한 일인가? 세상에서 가장 가난하다는 방글라데시나 부탄이라는 나라의 행복지수가 제일 높다는 사실은 그들이 다른 나라 사람보다는 정신적인 만족을 더 느끼며 산다는 것과 아주 조그만 일에 감사할 줄 안다는 것을 보여 준다. 왜 눈에 보이는 물질에만 초점을 맞추어 복을 받았는지 아닌지를 측정하는 것인가?

> 또한 우리는 보이는 것이 아니라, 보이지 않는 것을 계속 살피고 있습니다. 보이는 것은 일시적이지만, 보이지 않는 것은 영원하기 때문입니다(고린도후서 4:18).
>
> While we keep our eyes, not on the things seen but on the things unseen. For the things seen are temporary, but the things unseen are everlasting.(2 Corinthian 4:18)

세상에서 부러워하는 물질적인 부가 생겼을 때에도 내가 하늘의 아버지를 알게 되었으며 관계를 갖게 되었다는 영적인 복을 생각해 보려고 노력하는 것이 어떤가. 어떨 때는 눈에 보이지 않는 것이므로 주의 깊게 묵상해 보지 않는다면 쉽사리 스쳐 지나가고 만다. 마치 우리가 공기와 햇빛의 고마움을 집중해 느끼지 않는다면 당연한 것으로 느끼고 지나가는 것처럼 말이다.

어떤 사람이 특이한 실험을 했다. 살고 있는 주위의 마을 사람들에게 찾아가 매일 만 원 짜리 하나를 놓고 왔다. 처음에는 사람들이 그 만 원 짜리를 받으면 신기해하기도 하고 고맙게 생각하기도 했는데 시간이 갈수록 그것을 당연하게 받아들였다. 그런데 어느 날, 매일 넣어 주던 만 원을 넣어주지 않았다. 동네 사람들은 곧 불평을 늘어놓기 시작했다. "당신에게 어떤 사정이 생겼는지 모르나 내 만 원을 주시오"라고 목소리를 높이며 불평을 했다. 그들의 모습에서 우리의 모습이 보이지 않는가? 너무나 많은 좋은 것(물질적인 것이든 영적인 것이든)을 주셨는데 우리는 그것을 공기나 햇빛만큼이나 당연하게 여기고 있는 것은 아닐까?

일례로, 미국에서 몇 년 생활하며 남의 집에 방을 빌려 쓰고 있었던 나는 가족이 아닌 다른 사람들과 같이 산다는 것이 얼마나 힘든 일인가를 느꼈고 내 가족과 살 수 있게 되면 얼마나 좋을까 라고 항상 생각했다. 마침내 한국에 돌아와 가족과 함께 살게 되자 그 한 달간의 생활은 정말 행복하고 꿈만 같았다. 그러나 몇 달이 흐르자 그 고마움과 행복감이 점점 옅어지고 당연한 것이 되어 더 이상 고마워지지 않는 내 자신을 발견했다.

수도, 샤워 시설, 냉장고도 없던 아프리카의 시골에서 며칠을 보내고 도시로 나왔을 때 일주일간은 샤워를 마음껏 할 수 있는 것도 고마웠고 수도꼭지에서 물이 나오는 것과 냉장고가 있다는 것도 얼마나 감사한지 몰랐다. 그러나 얼마 지나지 않아 감사하는 마음을 잊어버리고 당연하게 편의 시설을 누리고 있던 모습과 똑같았

조르주 피에르 쇠라

양안
The Riverbanks

1883년경
유화 목판에 유채
24.8×15cm
글래스고 미술관 및 박물관 소장

다. 물질적인 축복과 번영을 바라는 것은 인간으로서 가지는 당연한 욕심이지만 가만히 생각해 보면 보이지 않는 것에 대한 축복을 생각해 보며 희망을 가지는 것이 더 아름답고 가치가 있으리라.

불확실한 부가 아니라 우리의 즐거움을 위하여 모든 것을 풍부하게 주시는 하나님께 희망을 두라고 하십시오(디모데전서 6:17 후반부).

To rest their hope, not on uncertain riches, but on God, who furnishes us all things richly for our enjoyment.(last part of 1 Timothy 6:17)

그냥 피어 있는 꽃은 없습니다

생활의 짐을
버리는 연습

생활고가 얼마나 무서운 것인지 주부들은 누구보다 잘 알고 있다. 내 어머니는 아버지의 사업이 실패한 뒤 우리 세 자녀에게 먹일 쌀은 고사하고 라면도 구하지 못한 적이 있었다. 현재도 많은 주부가 치솟는 물가와 전세금에 어깨에 무거운 짐을 지고 산다. 물론 밖에서 일하는 가장의 짐은 더 큰 것이 사실이다. 나이가 들면 퇴직의 압박이 심해지고 이직의 기회도 거의 없어진다. 그러나 식구의 생계와 아이들의 교육에 들어가는 돈도 만만치 않으니 어떻게 해서라도 살아남아야 한다. 그로 인한 스트레스와 어깨의 짐은 견디기 쉬운 것이 아니다. 이런 사람들을 위한 성언이 있다.

수고하며 짐을 진 여러분, 모두 내게로 오십시오. 내가 여러 분에게 새 힘을 주겠습니다(마태복음 11:28).

Come to me, all you who are toiling and loaded down, and I will refresh you.(Matthew 11:28)

영화 중의 고전 〈벤허〉를 보면 이런 장면이 나온다. 벤허가 노예로 끌려가서 목이 마른데 물도 얻어먹지 못해 헐떡거리다가 그나마 우물가로 다가간다. 그러나 물을 뜨는 바가지마저 빼앗기자 그대로 쓰러진다. 그때 그의 머리를 끌어올려 바가지의 물을 먹인 사람이 있었다. 바로 예수였다. 그것처럼 하나님은 우리에게 새 힘을 주시겠다는 것이다.

그뿐이 아니다. 생각만 고친다면 이 짐을 던져 버릴 수도 있다.

여러분의 짐(염려)을 모두 그분에게 내맡기십시오. 그분이 여러분에게 관심을 갖고 있기 때문입니다(베드로전서 5:7).

You throw all your burden(anxiety)upon him, because he cares for you.(1 Peter 5:7)

짐을 내던지라는 표현에 주목해 보자. 만약 누군가가 자기 집에

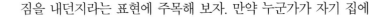

그냥 피어 있는 꽃은 없습니다

서 찌그러진 냄비와 주전자, 찢어진 옷가지를 모아 보자기에 꽁꽁 싸서 밖에 있는 쓰레기통에 내던졌다고 하자. 이것을 다시 주워오는 사람이 있을까? 이처럼 짐은 한 번 내맡겼으면 다시 주워오지 않도록 하자.

물론 현실은 무거운 짐을 생각에서 벗어던졌다고 해서 그 문제가 완전히 해결되는 것은 아닐 것이다. 그러나 우리가 내맡긴 순간만큼은 마음의 평화를 찾고 잠을 잘 청할 수 있을 것이다.

그러니 마음의 짐을 던져 버리자!

톨스토이
옆에 있었던
천사

　국민배우로 알려진 안성기 씨는 우수한 성적으로 대학을 졸
업한 뒤 여러 기업에 원서를 냈으나 취업이 안 되어 본의 아니게
백수생활을 하게 되었다고 한다. 그래서 다시 생각한 것이 '아역배
우를 했었으니 연기를 다시 도전해 보자'라고 생각하며 중국집 배
달부 역할부터 시작했다. 만약 기업들이 그가 문을 두드렸을 때 그
를 받아 주었다면 오늘의 안성기는 없었을 것이다.

　하나님께서는 우리를 위하여 더 나은 것을 내다보신다(히브리서
11:40).

　　　　　그냥 피어 있는 꽃은 없습니다

God foresaw something better for us.(Hebrews 11:40)

이 성언을 잘 음미해 보자. 그분은 우리의 보다 나은 미래를 위해 좀 더 나은 것을 선택하도록 도와주실 것이다. 국민 배우 안성기 씨는 다음과 같이 말했다. "그 백수생활이 그때는 너무 싫었지만 지나서 돌이켜 보니 나를 준비시키고 성숙하게 해 준 너무나 소중한 시간이었습니다."

물론 누구나 이런 백수생활을 거쳐야 한다는 뜻은 아니다. 다만 뭔가 뜻한 것이 잘 되지 않는 때라도 '그분이 뭔가 더 나은 것을 준비하고 계신가보다'라고 생각하면 좀 더 마음의 여유를 가질 수 있을 것이다.

다음은 실직에 관한 문제다. 내가 집안 가장이 되어 미국에 가서 돈을 벌게 되었을 때의 일이다.

인테리어 디자인 회사에 취직을 하여 급료도 어느 정도 받는 생활을 몇 년 하게 되었다. 그런데 상사 중의 한 명이 접근해 왔다. 이사를 간다고 했더니 이삿짐 나르는 것을 도와주고 집의 낡은 곳들을 고쳐 준다는 구실로 자주 찾아 왔다. 그가 수리를 해 준 다음 나를 고급 레스토랑으로 초대해 식사대접을 해 주었다. 그런데 그가 나에게 관심이 있으니 자신과 결혼하여 살아 보자고 제안을 하는 것이 아닌가. 그는 맨해튼에 조그만 빌딩 두 채와 여러 개의 상점을 소유한 소위 부자였다. 그러나 단 한 가지 걸리는 점이 있다며 부인이 도망을 가 아직 정식 이혼이 안 되었는데 이혼을 곧 추진해 보겠다고 말했다. 성격상 거절의 말을 잘 하지 못하는 나는 그 뒤로 그 상사를 가급적 피하는 수밖에 없었다. 그러던 어느 날 사장이 나에게 해고를 통보했다.

알고 보니 그 상사는 사장의 친한 친구였는데 사장에게 압력을 넣은 것이었다. 해고를 당하고 나는 기가 막혀 자리에 멍하니 앉아 있는데 그 상사로부터 전화가 왔다.

"안 좋은 소식이 들리더군. 어때 내가 제안(결혼해 같이 살자는)했던 것을 다시 고려해 준다면 사장한테 얘기해서 그냥 회사를 다니게 해 줄 수 있어. 보수도 더 높여서 말이야."

"괜찮습니다."

나는 힘없이 전화를 끊은 뒤 짐을 챙겨 회사에서 나왔다. 그런데 거기서 그치지 않았다. 그 다음에 들어간 회사에서는 사십 중반의 회사 사장이 청혼을 해 왔다. 간신히 거절한 나는 또 해고되고 말았다. 그리고 세 번째 들어간 직장에서도 고위급 간부와 비슷한 상황이 발생하여 나는 스스로 그만두어야 했다.

그때 미국 경제가 어려워졌고 그로 인해 취업이 힘들어졌다. 있는 사람도 내보내는 회사가 많았다. 어머니에게 당분간 생활비를 보낼 수 없다는 생각을 하니 앞이 캄캄해졌다. 집에서 지내며 4개월간 구직 활동을 하던 시기에 마음고생은 말로 표현할 수 없을 정도였다. 한국에 있는 가족에게 실직했다고 솔직히 말하면 걱정할까 봐 다리를 좀 다쳐서 잠시 쉬고 있다고 거짓말을 했다. 눈물이 앞을 가리는 날도 많았다.

그러나 나는 고통스런 나날들을 보내면서 하나님의 손길을 느낄 수 있었다. 그때까지도 식구에게 꼬박꼬박 돈을 부쳤기에 금전적으로 전혀 여유가 없었지만 이상하게도 기적적인 방식으로 먹을 것이 생기곤 했다. 예를 들면 갑자기 아는 동네 아주머니가 "아유 빵을 너무 많이 구웠지 뭐야" 하며 한 바구니의 빵을 가져오는 등 냉장고가 비어 있는 날이 없었다.

그뿐만이 아니었다. 한 해 전에 예약해 두었던 국제 학술대회가 다가오고 있었는데 LA까지 갈 비행기표를 살 돈이 없었다. 할 수 없이 포기하면서 상심해서 눈물이 나왔다. 그런데 3일 후 생각하지도 못한 기적이 기다리고 있었다. 삼촌이 느닷없이 500달러와 편지를 부쳐왔다. 고마운 마음을 갖고 비행기표를 알아보니 LA까지는 너무 비싸고 라스베이거스까지 가는 싼 비행기가 있었다. 라스베이거스에 도착해 LA까지 가는 버스를 알아보는데 무척 비쌌다. 그래서 용기를 내서 트럭 운전사들이 쉬고 있는 휴게소로 가서 앞에 앉아 있는 한 운전사 아저씨에게 물었다. "저 혹시 LA에 가시지는 않으신가요?"

그런데 그 아저씨가 나를 물끄러미 바라보더니 바지 주머니에서 100달러를 꺼내며 "이 돈으로 LA가는 버스표를 사세요"라고 말하는 것이었다. 나는 당황스러워 물어보았다. "100달러나 되는 거금을 왜 저 같이 낯선 사람에게 주시는 거죠?"

아저씨의 대답은 지금까지도 뇌리에 생생하게 스친다. "아가씨 옆에 한 명의 천사의 얼굴이 있었소."

톨스토이 소설에서 천사가 옆에 있었다는 표현을 읽은 적은 있었어도 그런 소설도 아니고 도대체 나의 옆에 천사가 있었다니! 누가 천사를 보내기라도 했다는 것인가? 내가 가장 좋아하고 힘이 되는 성언이 떠오른다.

여호와 하나님은 나의 목자이시니
나는 아무것도 부족하지 않으리라.
내가 비록 짙은 그늘 골짜기를 걸어갈지라도
어떠한 나쁜 일도 두려워하지 않으니,
당신이 나와 함께 계시고.
정녕 내가 사는 모든 날 동안 선함과 사랑의 친절이

그냥 피어 있는 꽃은 없습니다

나를 따르리니(시편 23:1, 4, 6).

Jehovah is my shepherd,

I shall lack nothing.

Even though I walk in the valley of

deep shadow.

I fear nothing bad.

For you are with me.

Surely goodness and loving kindness themselves will

pursue me all the days of my life.(psalm 23:1, 4, 6)

그냥 피어 있는 꽃은 없습니다

박재현 지음

발 행 일　초판 1쇄 2014년 3월 28일
발 행 처　평단문화사
발 행 인　최석두

등록번호　제1-765호 / 등록일 1988년 7월 6일
주　　소　서울시 마포구 서교동 480-9 에이스빌딩 3층
전화번호　(02)325-8144(代)　FAX (02)325-8143
이 메 일　pyongdan@hanmail.net
I S B N　978-89-7343-391-9 (03810)

이 도서의 국립중앙도서관 출판시도서목록(CIP)은 서지정보유통지원시스템 홈페이지(http://seoji.nl.go.kr)와
국가자료공동목록시스템(http://www.nl.go.kr/kolisnet)에서 이용하실 수 있습니다.
(CIP제어번호: CIP2014007078)

저희는 매출액의 2%를 불우이웃돕기에 사용하고 있습니다.